精神科医・安克昌さんが遺したもの

大震災、心の傷、家族との最後の日々

河村直哉

作品社

精神科医・安克昌さんが遺したもの

大震災、心の傷、家族との最後の日々

河村直哉

第Ⅰ部　家族と

第Ⅱ部　小さい子

少し長いまえがき

〝心の傷を癒すということ〟とは、どういうことだろう。
安克昌(あんかつまさ)さんは、そのような問いを私たちに残して、若くして去った。

心的外傷(トラウマ)となるできごとは、人生が移ろいゆくなかで、だれの身に起こっても不思議ではない。親しい人との不慮の、あるいは理不尽な永遠の別れがある。病だけではない。災害や事故や事件、あるいは、海外を見渡せば戦争やテロによってもそれはもたらされる。みずからが暴力的なできごとの被害者や目撃者となり、そのときの恐怖にずっと苦しめられることもある。凶悪な暴力だけではない。陰湿なつきまといなども心の傷となる。

人生が始まろうとするごく早い段階から、心を切り刻まれるような傷が与えられてしまうこともある。虐待、それにいじめ。平成三十(二〇一八)年度に全国の児童相談所が対応した児童虐待の件数は十六万件近くにもなり、過去最多となった。平成二十九(二〇一七)年度に全国の小中高校などで認知されたいじめの件数は、四十一万件超とこれも過去最多を更新した。どれほどの子供が、心に痛々しすぎる傷を負っていることだろう。こうした心的外傷は、その後の人格形成に大きな影響を与えてしまう。

あるいは差別。近年はそれに加えて醜悪極まりない「ヘイト・スピーチ」すら飛び交っている。差別や言葉の暴力が人を傷つけるものであることはいうまでもない。

平成七（一九九五）年の阪神大震災の際、安医師が書いたように、「世界は心的外傷に満ちている」のである。

とくに日本は、災害が多発する時代になった。心の傷つきはだれにとっても人ごとではない問題となっている。心的外傷体験を抱える当事者や周囲の人だけではない。医療関係者、臨床心理士、社会福祉士、教育や行政に携わる人、ボランティア、さらには警察や消防など、災害に関係するすべての人に、心的外傷への理解が求められる時代となっている。

直接災害にかかわる人たちだけではない。遠くからではあっても傷ついた人を見守り、支えようという思いがあれば、それは遠い地の心の傷つきに共振し、もしかしたらその癒しに小さくではあってもなにがしか貢献しているかもしれないのである。

心的外傷や「心のケア」は阪神大震災で大きく注目された。自然災害だけでなく事件や事故の際も専門家や各機関が連動して精神的な支援体制が取られるようになった。災害があるたびに専門家らによるケアチームが作られ、平成二十三（二〇一一）年の東日本大震災を経て、災害派遣精神医療チームが都道府県や政令指定都市によってできた。トラウマとなるできごとを経験した人の回復を支えるための心理的応急処置の手法も洗練され、各地で講習会なども開かれている。平成十六（二〇〇四）年にできた犯罪被害者等基本法は、被害者の心的外傷に配慮することを条文として盛り込んだ。

こうした制度や人的資源は、阪神大震災以降、災害や事件、事故の悲しすぎる体験を経るなかで日本が獲得した貴重な財産である。心に傷を負った多くの人の回復に、なにがしか役立ってきたことだろう。今後もさらなる制度の充実や人材育成が望まれる。

しかしこのような支援体制が取られる一方で、なお深い心の傷つきを思わせるできごともまたなくなっていない。厚生労働省と警察庁のまとめでは、東日本大震災に関連して、平成三十（二〇一八）年になお九人がみずから命を絶っている。発生からの八年間では二百十九人となる。心的外傷が関連しているのかどうかはわからない。しかしその関連を連想せざるを得ないのである。

東日本大震災後、災害公営住宅に一人で暮らし、死亡しているのが見つかった孤独死は、平成二十九年で少なくとも五十四人いた（平成三十年三月十一日産経新聞朝刊）。これも心的外傷と直ちに結びつくわけではないが、災害公営住宅に一人で暮らしひっそりと人生の終焉を迎えること自体に、寒々としたもの感じる。

震災に関連する自殺や孤独死は、平成二十八年の熊本地震でも起こっている。心的外傷体験を持った人が孤立し、もしかしたらその傷つきを深めているかもしれないような社会が、傷ついた人にやさしいといえるだろうか。

本書は心的外傷の癒しの、技術や制度について述べるものではない。多発する災害や虐待、あるいは事件や戦争などの要因と、心的外傷の関連を網羅し分析するものでもない。

阪神大震災でみずからも被災しながら「心のケア」ムーブメントの中心的な役割を担い、「世界は心的外傷に満ちている」と書きつけてほどなくして、肝細胞癌のため三十九歳の若さで亡くなった安医師と、遺されたご遺族のしばらくの日々を描いたものである。

妻が三人目の子供を妊娠していることがわかってしばらくして、癌は末期の状態で見つかった。彼は入院を最小限に抑えて自宅に留まり、代替療法によりながら、妻と幼い二人の子供、そして生まれてくる赤ちゃんとすごした。産気づいた妻を産院に送り出したあと、タクシーでみずからが闘病していた病院に向かい、二日後、帰らぬ人となった。

驚嘆すべき、そして尊敬すべき生き方だった。

阪神大震災当時、神戸大学医学部精神神経科助手、付属病院精神科医局長だった在日韓国人、安克昌(あん・かつまさ)さんという。大震災発生直後から、精神科医として全力で働くとともに、被災者の精神的な問題をつぶさに報告する「被災地のカルテ」という連載を産経新聞紙上で続けてくれた。極限下の状況で安医師に無理をお願いし、連載を続けてもらったのが私である。連載は断続的に一年間続き、加筆、改稿して作品社から『心の傷を癒すということ』という本として出版された。この本で安医師は平成八(一九九六)年のサントリー学芸賞を受賞した。

阪神大震災を知らない世代も増えた。以下、本文と重複する部分もあるが、「被災地のカルテ」や『心の傷を癒すということ』などをもとに、安医師の活動について書く。

平成七（一九九五）年一月十七日未明、安医師は神戸市中心部のマンションで被災した。家族は無事だったが、本棚や食器棚が倒れ室内はめちゃくちゃだった。倒壊した家屋の土埃と漏れたガスの臭いのなかを彼は歩き、付属病院に向かう。ビルが倒れ救急車や消防車が行き交っていた。火災の煙で空は薄暗かった。付属病院に患者を運んでくる救急車のサイレンは途切れることがなかった。ベッドが足りなくなり、ベンチにも患者を寝かさざるを得なかった。遺体は霊安室に入りきらなくなった。カンファレンス室が充てられた。

多くの医療機関が被災し、患者が通院するための交通機関も麻痺した。まず従来の患者に通院や服薬を継続させることが必要だった。安医師たちは病院で患者を待つだけでなく、保健所に「精神科救護所」を設置して診療した。さらに避難所への訪問も始めた。発生から十三日目、一月二十九日に、安医師は避難所となっていた中学校を訪ねている。ピーク時に三十一万人を超える人が避難していた大規模災害である。病院を受診する人はごく一部にすぎず、膨大な心の傷つきが被災地にあることを安医師は直観しただろう。《病院で待っていてはだめだ》と書いている（「被災地のカルテ」平成七年二月六日産経新聞夕刊）。仮設住宅ができ、避難所から被災者が移っていくと仮設住宅も訪問した。

こうした方法は現在、災害精神医療などの場で、出かけること、「アウトリーチ」として定着している。しかし阪神大震災当時、安医師たちは教科書的な知識によってそれを行ったのではない。瓦礫を肌で感じ模索しながら、その方法をつかみ取っていったのである。

当事者から話を聞く方法――というより人間としての態度――についてもおなじである。

地震発生から二か月になっていない段階で、「話を聞く」ということについて安医師はじつに奥深い洞察を披露している。阪神大震災は大規模な火災を伴った。「助けて、助けて」という叫び声を聞きながら、炎のなかを逃げまどった男性について安医師は新聞連載で書いた。おそらくはそう叫ぶ人の家族が、崩れた家屋のなかに閉じ込められていた。炎は迫っていた。男性は安医師にこう打ち明けた。「しかたなかったんです。私も逃げるのが精一杯だったんです。でも助けてあげられなかった」「それで自分を責めてしまうんです。今も耳元で「助けて、助けて」という声がするんです」「私も死んでしまえばよかった」。そしてぽろぽろと泣いた。男性は「助けて」という声がすると胸が苦しくなり、夜も光景がよみがえって目を覚ましてしまう。しかしあの光景を知らない人には話してもわかってもらえないだろうと安医師に訴えた。安医師の文章は驚くほど正直である。

《Aさん〔男性〕に対していったいどういう専門的援助ができるだろうか。彼に有益なアドバイスがあるだろうか。

この場合、私はただ傾聴するほかはない、と思う。

しっかりしろ、気にするな、気持ちを明るくもて、運動はどうだ、などのアドバイスは彼には届かないだろう。

「同じ体験をした人でないとわからない」という彼の気持ちは、まさにその通りである。同じ被災地にいても私は同じ体験をしていない。わかりますよ、と言ったとたんに、私の姿勢そのものが嘘になってしまう。

だが、彼は、それにもかかわらず理解してほしいと思っている。「わかりっこないけどわかってほしい」のである。

だから私は、ひたすら彼の話の邪魔をせずに聞くことになる。これは簡単であって、同時にとても難しい。だが、少なくとも医師免許の有無には全然関係がない。誰にでも可能なことである》

（「被災地のカルテ」平成七年三月十一日産経新聞夕刊、〔 〕は引用者補足、以下も）

安医師がここで使った「傾聴」という言葉も、災害精神医療などの現場ですっかり定着した。共感して話をただ聞くことが、被災者の心の傷を少しでもやわらげることにつながり得る。いまでは「傾聴ボランティア」という活動も広がりを見せている。災害の場に限らず入院患者や高齢者を対象にするなど、さまざまな場面で活用されている。

アウトリーチや傾聴という方法が安医師の独創によるなどといっているのではない。「被災地のカルテ」に加筆した『心の傷を癒すということ』で安医師は、デビッド・ロモ『災害と心のケア』から「アクティブ・リスニング」を参照し、リスニングの注意点をいくつかまとめている。「「聞き役」に徹する」「話の主導権をとらずに相手のペースに委ねる」などである。話を聞くことの重要性に気付いていたからこそ、安医師はロモに共感することになったのだろう。

病院を出て保健所で精神科の救護活動をすることも、別の医師が先立って始めている。阪神大震災の被災地にいた精神科医は安医師一人だったのではない。優秀な精神科医たちが大災害の被災地で不屈の戦いを続けていた。彼ら彼女らと協力し学び合い、先行する海外の事例なども参考にしながら、安医師の活動も続けられたのだろう。

しかし安医師が大規模災害下の精神医療の、最前線かつ中心的な位置にいた精神科医の一人であったことは間違いない。アウトリーチや傾聴以外にも、安医師が阪神大震災下で模索しながら得ていった認識で、その後の災害精神医療や、災害下での支援活動に生かされているものは多い。

たとえば安医師は、発生からしばらく人々に見られた躁的な状態について観察している。強い不安が気分を高揚させていること、危機的な状況で一種の「火事場の馬鹿力」的なエネルギーが放出されていること、などを読み取り、この躁状態に人々が疲れはじめていることを、「被災地のカルテ」の平成七年二月十八日付で早くも考察している。これは災害精神医療の「ハネムーン期」「幻滅期」という考え方に通じていくだろう。災害後の生活に被災者が適応したかに見え、被害の回復に積極的に取り組み、人のためにも尽くそうとするのがハネムーン期である。災害への世間の関心が薄れ、被災者が無力感や倦怠感にさいなまれるようになるのが幻滅期である（『心的トラウマの理解とケア』）。

先述した「傾聴」のくだりで、「助けて」という声に苦しむ男性の心は、サバイバーズ・ギルト（生き残った者の罪悪感）そのものであろう。看護師のケア、つまり被災地で働く人たちの精神的なケアも、安医師は早い段階で行っている。

あるいはまた、阪神大震災は「ボランティア元年」ともいわれた。安医師も付属病院精神科医局長として全国から駆け付ける医師の調整に当たった。ボランティアのありがたさを記しつつ、問題点も指摘している。ある医師の話として書き留められているのは、たとえば「迎えに来てほしい」「宿泊所を世話してほしい」などといった、ボランティアの自分中心の声である。阪神大震災後、日本が多くの災害を経るなかで、ボランティアは自己完結型へと洗練されていった。これも安医師の訴えが実を結んだひとつの例かもしれない。

安医師が阪神大震災の被災地を奔走し、手探りし、ときに涙を流しながらつかみ取っていった「心の傷を癒すということ」への視点は、災害が多発するようになったその後の日本で、限りなく貴重な財産となった。災害精神医学や心的外傷の理論と臨床に携わる人たちのあいだで、安克昌という名前は、おそらく深い敬意と愛情を持って語り継がれているだろう。だが安医師の仕事は専門家の領域のみに閉ざされているのではない。心の傷を癒すことへの安医師のまなざしは、さまざまなできごとに苦しむすべての人に向けられているものだからである。

『心の傷を癒すということ』でサントリー学芸賞を受賞したあと、安医師は阪神大震災の被災地を象徴する医師とみなされるようになった。原稿や講演の依頼も多くなった。しかし被災地を象徴する医師という位置づけに、安医師自身は距離を置いていた。阪神大震災後、「心のケア」という言葉はブームのように語られた。しかし制度や技術だけが人の心を癒すのではないということは、安医師の確固とした考えだった。

研究家、臨床家としての安医師の関心は、阪神大震災の前から、幼少期の心的外傷に由来する多重人格にあった。多重人格の症例に安医師は大震災の前にすでに出会い、研究を続けていた。心的外傷に安医師が抱いていた関心が、阪神大震災がもたらした膨大な心の傷つきに直面して、一気に全開にされてしまったといってよい。大震災後も困難な多重人格の患者を診続けた。そこに震災関連の仕事が加わり、安医師の名前を知ったＰＴＳＤ（Post Traumatic Stress Disorder＝心的外傷後ストレス障害）の患者が遠くから訪ねてくるようになった。多忙を極めた。

大震災から五年後、平成十二（二〇〇〇）年春に助手、講師として九年間勤めた神戸大学医学部精神神経科から、神戸市立西市民病院の精神神経科医長に移った。妻が三人目の子供を身ごもったこともわかった。安医師に癌が見つかったのは、安一家が希望をきらめかせていたであろうその年の五月のことである。十二年十二月二日、三人目の子供が生まれた直後、安医師はこの世を去る。発病は過労によるところが大きいと、いわざるを得ない。

本書の成り立ちについて付言しておきたい。

通夜の席で私は、安医師はどんな思いで逝ったのかと悔しくてならなかった。同時に、死の直前まで家族をいたわってすごした彼の生き方が、なにかとても大切なものを語りかけているように思えた。医師として自分の体の状態は客観的にわかっていたはずである。みずからの死が、あとに残る最愛の家族にとってどれほど大きな心的外傷になるかもわかっていたはずである。けれども安医師は、心的外傷からの回復について説諭するわけでもなく、ただ家族とふつうにすごすことを人生の最期に選んだ。病のつらさに耐えながら、死の直前まで身重の妻を自宅で見守った安医師の生き方は、通常の在宅看護という次元をはるかに超えている。「心のケア」のパイオニアである安医師はなぜそのような生き方を選んだのか。私には疑問でならなかった。

前述したように、「被災地のカルテ」の執筆を安医師に頼んだのは私である。私自身、被災地に何度も足を運び、安医師とともに酒を酌み交わしながら連載を続けてもらった。年齢が近いこともあり、私たちは妙にウマが合ってしまった。

話の順序が前後するが、安医師の死後ほどなくして書いた私の文章が、東日本大震災後におなじ作品社から出版された『増補改訂版 心の傷を癒すということ』に収録されている。その心境は、安医師の死の直後も、現在も変わらない。

「希有な仕事だった。この仕事にかかわることができたことをぼくは生涯の誇りとする。だがいまとなっては同時に、それが招いた結末の悲しさを思わざるを得ない。いまもこの結末に自らを咎なしとできない。「相手が河村さんだからぼくは書いているんです」。九五年の二月ごろであったか、安医師は神戸・三宮の廃墟のなかでそんなふうに言ってくれた。生涯の誇りであるとともに生涯の咎めである」

安医師の死後、なにかをしなければならないという思いが強く起こった。ご遺族や関係者にお願いして、安医師の最期の日々についてインタビューを始めた。安医師の一周忌が過ぎてしばらくするまでインタビューは続いた。

どうかするあてがあって始めた仕事ではない。途中、平成十三（二〇〇一）年五月二十八日から六月二十八日まで、産経新聞大阪本社版夕刊で、「傷ついた人へ」というタイトルで二十三回にわたり、安医師の最期の日々について連載した。

連載を終えてしばらくして、ある出版社から本にしないかという打診もあった。インタビューはお続けていいたし、そのときはそれもいいと考え、取材を重ねながら原稿にしていった。新聞連載に加筆して本書に収録した第Ⅰ部までを書き、さらに新たに第Ⅱ部を書いた。脱稿したのは平成十四（二〇〇二）年の二月ごろである。

ところが、これを本として出すという気持ちは、私のなかで薄れていた。なによりご遺族の、とくに安医師の妻である末美さんの嘆きは、はた目にも痛々しすぎた。その悲しみを強引に商品にすることは不謹慎なことのように思うようになった。それに安医師の三人の子供は小さかった。新聞連載がもとで、長女はからかいを受けもしたという。そのようなことは絶対に避けねばならなかった。これらのテキストは、まずご遺族とともにあるべきだという思いが強くなっていた。

手帳を見返すと、この年の四月に安家を訪ねている。出版を見送ったこと、安医師のご霊前に供えさせていただきたいことを伝えた旨が記入してある。紙に印字したものとテキストのデータを末美さんに渡しながら、「三人のお子さん——長女の恭子さん、長男の晋一さん、次女の秋実さん——が大きくなったらこのテキストを読ませてあげてほしい」といった記憶がある。その後、私が安医師について書くことはなくなっていった。

ところが書かざるを得ない局面が出てきた。悲しいことだが、日本で大きな災害が相次いで起こるようになってしまったのである。安医師をはじめ神戸の精神科医たちが阪神大震災下で行った仕事は、災害下の精神医療の貴重な知見としてさらに大きな意味を持つようになっていった。

それでも、本書に収録したテキストを読み返すことはなかった。それらのテキストは私のなかでもつらい記憶とともにあった。NHKから安医師をドラマにしたい意向を聞き、細かい記憶があいまいになっていた私は、十七年ぶりでこのテキストを読み返した。

五度、十度と読んだ。そこには、安医師やご家族、師、同僚、友人の、真実の言葉があふれていた。そして悲しみとともに、その悲しみを少しでも癒そうとする、ささやかかもしれないけれどもなにかとてもやさしい力が働いていることを確信した。それこそ安医師が残そうとしたものなのかもしれない。それは一個人、一家族の物語にとどまっていない。災害、事件、事故、虐待、いじめ、戦争、テロ、差別。心の傷つきとなるできごとが多発する時代に、心の傷と癒しについて、とても大切なことを教えてくれているように思う。

プロローグと第Ⅰ部、第Ⅱ部の修正、加筆は最小限にとどめ、脱稿当時の文章に大きくは手を入れていない。いまは使わなくなった「ぼく」という一人称もそのままにした。年齢、肩書は安医師が亡くなった平成十二（二〇〇〇）年十二月時点のものである。本文で敬称は略させていただいた。《　》はすべて安医師の論文やエッセー、インタビューからの引用である。安医師の文章でも話し言葉などは「　」で引いたところもある。引用文の改行は尊重したが、逆に読みづらくなると感じられる場合は改行を略した。呼称変更前の用語（「分裂病」など）は当時のままとした。

プロローグ　「頼む」

春のまろやかな光を含んだ山なみが街の北にかすんでいる。六甲山、摩耶(まや)山、西には高取山。おだやかに波打って続く稜線を空が薄青色に染めて広がっている。この街でこれまで幾人が、かなたにある人のおもかげを求めて天空を見上げてきただろう。

季節を春から冬へとさかのぼらせる。平成十二（二〇〇〇）年暮れ、神戸の山と空のもとで一人の医師がこの世の生を終えようとし、同時に、ひとつの生命がこの世に生まれようとしていた。在日韓国人で神戸市立西市民病院（神戸市長田区）の精神神経科医長を務めていた安克昌(あん・かつまさ)がその医師であり、赤ちゃんは、三十九歳の安医師の、三人目の子供である。

阪神大震災があったとき神戸大学医学部の助手だった安医師は、被災地の精神医療に最前線でかかわった。震災をきっかけに「心の傷」「トラウマ」といった言葉が広く浸透したが、安医師はそのうねりの中心にいた一人である。震災後も被災地の精神医療にかかわりながら、幼児期の虐待経験に由来する多重人格や、ＰＴＳＤ（心的外傷後ストレス障害）の治療と研究を通じて心の傷つきと格闘した。みずからの心身をすりへらすようにして、心の傷つきにやさしい社会のあり方を考えた。

その末の平成十二年五月、肝細胞癌は末期の状態で見つかった。

癌が末期とわかると安医師は入院や化学治療をなるべく避け、自宅にとどまろうとした。死の五日前、十一月二十七日には、日帰りで西市民病院に行って腹水を三分の一だけ抜いてもらっている。入院を勧める主治医の内科医長、山本健二（三八歳）に安医師は、「家内の出産予定日がそろそろなので、もうしばらく家でがんばらせてください」と答えた。死が迫っていることは、おそらくみずからわかっていた。しかし妻と、二人の子供と、そして生まれてくる赤ちゃんとともにいることを選んだのだった。

十一月二十九日。昼下がり。

安医師は神戸市の自宅マンションの和室でふせっていった。十一月になってぐったりと横になることが多くなり、しゃべることもままならなくなっていた。髪はすっかり白くなっていた。元気なころより十キログラム以上も体重が落ち、ほおもあごもやせこけていた。腹水のたまったおなかだけが目立つようになった。

妻の末美（三七歳）が安医師に寄り添って横たわった。出産の予定日は一週間後に迫っていた。この日の朝、前兆があり、妻の出産が近づいているとわかってやっと夫は、妻を産院に送って自分も入院することを決めた。

「ぼくも入院するよ」

「うん……」

夫は二週間ぶりで髪を洗っていた。自分ではもはや洗えず、末美と、安医師の母の朴分南（六六歳）が午前中、洗面所に椅子を据えて洗ったのだった。末美は夫のそんな髪をそっとなで続けた。さらさらしていた。冬の気配をしのばせた雲が部屋への陽をさえぎっていた。

横たわって見つめる二人の目から、どちらからともなく静かに涙があふれだした。なにを語るでもなく涙はただ泉のようにあふれつづけた。夫婦はそうやって見つめあい、長い静かなときをすごした。ややあって夫がいった。

「これで最後じゃないから。帰ってくるから」

やせ衰え、手も足も冷たくなっていたけれど、末美の目に映ったのはいつもの夫のおだやかな顔だった。末美の記憶のなかで、その言葉とともにもうひとつの言葉が残響している。

「くやしいな」

翌三十日、末美を産院へ送り出した安医師は、タクシーで西市民病院へと向かう。やがて意識をなくし、十二月二日午前五時三十五分、帰らぬ人となる。

＊

陣痛の痛みで、末美は夜中、目をさました。神戸市の自宅マンションの和室、日付が十一月三十日に変わったころ。街ではクリスマスのデコレーションの準備が始まろうとしていた。

隣に目をやると、夫が自分のほうを見ていた。近づく死を感じ、妻を産院に送って自分も入院すると決めたその夜、じっと妻の寝顔を見て彼はすごしたのだ。

陣痛の間隔が少しずつ狭くなってきた。末美は起きだして産院に行く準備を始めた。安医師も起きだしてきた。話すのもつらそうで、和室からリビングに出てきてもぐったりと横になっているだけだった。だが「休んでいて」という妻の懇願を聞かず、出産の準備をする妻の動きを見守った。

「一人で産院に行けるから」

末美は繰り返した。姉の曽根真由美（四〇歳）が手伝いにきてくれていたけれど、姉が自分についてくると夫を見る人がいなくなる。ほんとは十一月になって夫が目に見えて衰弱してくると末美は不安でたまらず、隠れて泣くことが多くなっていた。でも夫の前ではいつも夫婦がそうであったように、透けるような笑顔を見せてきた。

「わたしは一人でだいじょぶ」

妻の身を案じて夫は頑としていった。「絶対に一人で行ってはだめだ」。朝の五時ごろ、末美は姉に伴われて産院であるパルモア病院に出た。立ち上がるのもやっとの体で、安医師は玄関まで出てきて、いった。

「……ついていけなくてごめんね」

そのいたわりが悲しみとともにいまも末美の胸を突く。末美は答えた。

「……わたしこそ、ごめんね」

外はまだ暗かった。

末美を産院に送って帰ってきた姉の真由美が見たのは、和室の畳にじっと座った安医師の姿である。横になっていたときのままの、スウェットの上下とフリースのベスト姿。時計は朝七時を回っていた。

座ったまま、壁際に置かれた本箱を安医師はじっと見ていた。真由美は声もかけられなかった。いちどだけ安医師は真由美を呼び、水をついでもらって少し口をつけた。愛する人を送り、新しい誕生とみずからの死を間近に感じながら、彼はなにを考えていたのだろうか。

やがて安医師の母、朴分南が大阪から来た。真由美が次に覚えているのは、タオルを持ってきてと呼ぶ母の声と、タオルに小さく染みた安医師の吐血である。マンションを出る安医師とビルの掃除に来ていた女性がすれ違い、土色の顔に驚いて「だいじょうぶですか」と聞いた。安医師は救急車を呼ぶことを拒んだ。母とともにタクシーで午前九時前、勤務先であり治療を受けていた西市民病院に着いた。すぐ救急外来に運ばれた。ふらふらだった。主治医の山本健二によると、病院に着いたときすでに意識はもうろうとしていたという。十一階の個室に移り、午前中、残っていた腹水を抜いた。病室をのぞいた精神神経科の同僚、大山朗宏（三二歳）に安医師は「しんどい」と、言葉をひきずるように話した。しゃべることすらつらそうだった。

西市民病院からほど近い産院のパルモアで、末美は泣きつづけていた。あまりに泣いたからか、陣痛が止まってしまった。事情を知った産院の医師は夫のそばに行くことを許してくれた。昼すぎ、末美は西市民にタクシーを走らせた。

夫は青い病衣を着てベッドにぐったりとしていた。だが末美が来ると、「どうしたの？」と笑顔を見せた。

「陣痛が止まってしまって……」

「いざとなったらここで生むか」

夫はぐったりした体で、冗談ぽく笑いもした。末美も腹水を抜いた夫のおなかを「すごいね」とそっと触った。懸命に運命にあらがうように、二人はこれまで通りの、なかのよい夫婦でありつづけようとした。

小一時間も二人のときをすごしただろうか。末美の体を案じ、安医師は早く産院に帰るようにいった。

「帰るけど……」。末美は懸命の思いでいった。

「わたしも一人でがんばってちゃんと生むから、パパもがんばって。……大好きだから。どんなに離れていても思っているから」

夫は「うん、うん」とうなずいて妻を送った。

笑顔。別れ。前日、「くやしいな」とぽつりと語った安医師は、もしかしたらこの街で、あの地で、地霊のようにささめく無数の死者たちの嘆きを語っていたのではなかったのか。

末美は午後八時十四分、女児を出産した。二千八百十五グラム。「ちゃんと生んだよ」。心のなかでそう夫に語りかけた。涙でかすむまなざしのむこうで、小さなわが子が、まっかな顔で、かぼそいけれど確かな産声をあげていた。

＊

安医師が最後の二日をすごした病室は、西市民病院の十一階にある。

南に大きな窓。眼下に阪神大震災の被災地の街並みが続いている。真新しい住宅の屋根が光を照りかえして輝き、ビルとクレーンが林立する先の瀬戸内海を、ゆっくりと船がすべっていく。平静ではある。けれどもこの街の表皮をわずかでもめくれば、記憶は鮮血のように噴き出してくるだろう。だれにも顧みられないあの地でも、さらにまたあの地でも、悲しみの記憶はひっそりと息づいている。

妻の末美が無事、女児を出産した翌日、十二月一日の朝。

安医師の勤務地でもあった西市民病院の精神神経科の同僚、大山朗宏はこの日出勤する前、末美のいる産院を訪ねた。無事に生まれた赤ちゃんの姿をビデオに収めて安医師に見せようと思ったのだ。

「よかったね、パパに見てもらえるね」

末美はそう赤ちゃんに話しかけた。

短くビデオを撮って大山は安医師の病室に持ち込んだ。

「先生、生まれましたよ」

大山はベッドの足もとにある液晶テレビにビデオをつないだ。末美が抱く赤ちゃんの姿が映し出された。安医師はすでに呼吸が荒く、目の焦点がうつろになっていた。血中のアンモニア値は基準の五倍の三百九十六マイクログラムに達していた。昏睡に陥る値である。

それでも大山の目には、安医師の視線が確かに赤ちゃんに向けられたように映った。大山はいまでも、わが子の上に父親のまなざしが注がれたと信じている。
昼過ぎ、再び病室を訪れた大山に、主治医の山本健二は告げた。
「深昏睡です」

末美は出産後ひどい頭痛が続き、夜もほとんど眠れていなかった。点滴や投薬治療をずっと受けていた。産院から夫のいる西市民病院に電話できたのは、その日の夕方近くになっていたかもしれない。安医師の母、朴分南の口ぶりから夫がただならぬ状態になっていることを悟り、受話器を握りしめたまま末美は泣き出した。事情を知る産院の医師は末美に安医師のもとに行くよう勧めた。「赤ちゃんを連れていっていいですか」。末美はとっさにそう聞いた。医師は新生児が外出できるよう、段取りを整えてくれた。

冬の日はすでに落ちていた。末美は暗くなった街を、生まれたばかりの赤ちゃんを抱きしめてタクシーで走った。末美の記憶にその日の街の景色はない。でもクリスマスの装飾が始まった師走の街は、光に浮き立っていた。二十四万個の電球を使った神戸ルミナリエもやがて明かりがともされ、この街はさらに人工の光にあふれるだろう。二十一世紀を迎えようとする街には、「神戸21世紀復興記念事業　ひと・まち・みらいＫＯＢＥ２００１」という横断幕が晴れやかに用意されていた。

西市民病院の病室で付き添っていた安医師の弟、安成洋（あん・せいよう）（三六歳）が見たのは、赤ん坊を抱き、泣き崩れんばかりにして病室にかけこんできた末美の姿である。夫には鼻からチューブが差し込まれ、血がうっすらと逆流していた。呼びかけても夫の返事はなかった。目は泳いでいた。

「声も聞こえているし、目も見えていますよ」。看護婦のそんな声に促されて、末美は泣きじゃくりながら、生まれたばかりのわが子を夫の左手に抱かせるように添わせた。ぐったりと動かない夫のやせた右手を取った。

病が悪化してずっと冷たくなっていた夫の手だが、そのときの手の感触は末美の記憶のなかで、いまもぬくもりとして残る。その手で末美は、赤ちゃんの頭や顔をなでさせた。頭に手を当て、そして綿のようにやわらかいほおに。赤ちゃんの小さい体は父親の手のなかに包みこまれるようだった。

浮き立つような「新しい世紀」の空気を、呼吸することなく逝く父。逝った父たち。だが父はそうやって、確かないつくしみをわが子に与えたのだ。

＊

末美は十二月一日夜、赤ちゃんを連れていったん産院に戻った。混乱した頭のなかを、さまざまな思いが駆けめぐった。「上の子二人も連れてこよう」「いや、パパならまだだいじょぶだ」……末美は結局、赤ちゃんを産院にあずけて神戸市内の自宅に向う。街は夜もふけて冷え込んでいた。長女の恭子（七つ）、長男、晋一（四つ）に厚着をさせ、夫のいる病院にタクシーを走らせた。母子は寄り添って後部シートに座った。同行していた安医師の同僚、大山朗宏の耳には、「赤ちゃんの名前、なににしたらいいかな」と子供と話す末美の声の記憶が残っている。末美は続けた。

「パパは「秋実」がいいといっていたから、秋実にしようか」

秋実。秋の実り。妻が産気づくまで自宅にとどまり、家族とともにすごそうとした安医師は、木の葉が色づいたころ、そんな名前を考えていたのだった。恭子は「パパがそういっていたから、秋実にしよう」と答えた。

末美はさらに、「パパにがんばって、っていおうね」と語りかけた。「そうしたらパパもがんばれるから」

意識のない父親の枕辺で恭子は号泣し、晋一は凍りついたように黙ってしまった。末美は夫の手を握りしめ、懸命に語りかけた。「恭子の学校でこんなことがあったよ、晋一の幼稚園では……」。一家のだんらんがいつもそうだったように。

末美が家に子供を帰すため再び病院を出た深夜。安医師の三十九歳の肉体は、最期の苦悶を示しはじめた。日付は十二月二日に変わっていた。

体を固め、つっぱらせたかと思うと手足を激しくもがかせた。のどの奥から絞り出すようなうなり声が病室に響いた。弟の安成洋、母の朴分南らが三人がかりで安医師の体を押さえつけた。それを跳ね返すほど安医師の力は強かった。成洋が気付くと、兄の目はそれまでの焦点の定まらない泳いだ感じをなくし、険しくなにかを見据えていた。二時間か三時間、嵐のような状態が続いた。

やがて病室は少しずつ静かになっていった。戦う力もすでに尽きようとしていた。夫の枕もとにもどった末美は、病室の空気が張り裂けるほどに激しく泣いた。

そのとき。安医師はなにかを語るかのように、とぎれとぎれに口を動かしはじめた。息遣いばかりでもう声は出ない。だが呼吸にあわせて、ひとつひとつの音を懸命にこの世に刻もうとするかのように、口は動いた。目は成洋や母に焦点が合わされ、訴えるような色に変わっていた。成洋たちは繰り返される唇の動きを追った。

「た　の　む」

「頼む」。そう安医師は繰り返していたのだった。声にならない、しかし確実な言葉として。

その唇の動きと絞り出されるような息遣いは、何十回も繰り返された。祈りのように。

成洋は兄の手を取って大声で語った。「わかったから、わかったから。心配せんでいい」。安医師の目はしばらく、成洋の上にじっと注がれた。そしてやがて、呼吸は次第に浅くなっていった。幼子のように末美は泣きじゃくりながら言葉を語った。「愛している」と。

葬儀は四日、神戸市で営まれた。葬儀委員長を務めた安医師の恩師で精神科医の中井久夫（六六歳）が、語りかけるように弔辞を読み上げた。冬の澄んだ青空にしんと声は響いた。「きみは今死にたくなかったはずだ。切に死にたくなかったろうと思う……」

きみ、あなた、あなたたち。この地で地が震えたとき、だれも、いま死にたくはなかったのだ。この地だけではない。あらゆる悲しみの地で。「頼む」という声にならない言葉は安医師のものでありながら、万人の言葉ではなかったか。

ここで終わったのではない。ここから始まった。ぼくたちの社会は、この言葉にどこまで耳を傾け

ようとしてきたのだろう。忘れられた悲しみの地で、言葉は黙ってたたずんでいるだろう、「頼む」、
と。

第I部

家族と

発覚　平成十二(二〇〇〇)年、春

桜が神戸の街を淡い色に染めていた、平成十二年の春。そこにときを戻して話を続ける。

安医師は新しいスタートを切ろうとしていた。助手、そして講師と九年勤めた母校の神戸大学医学部をひとまず去り、この春から神戸市長田区の市立西市民病院の精神神経科医長として勤務することが決まっていた。

西市民病院は阪神大震災のとき五階部分がつぶれ、閉じ込められた患者四十四人と看護婦三人のうち、患者一人が亡くなった。そして年月はたった。被災地の街のあちこちとおなじように更地になり、再建の槌音が響き、その年の五月にオープンすることになっていた。炎に包まれ、焼け野原となった長田区。その「復興」を象徴するモニュメンタルな病院だった。

阪神大震災が起こったとき神戸大学医学部精神神経科の助手だった安医師は、震災発生直後の平成七年一月三十日から産経新聞で一年間、「被災地のカルテ」という連載を続けてくれた。安医師に無理をいって連載を続けてもらったのがぼくだった。

付属病院の医局長でもあった安医師は、全国からかけつけたボランティアの精神科医を切り盛りした。また避難所の学校を訪問し、震災で肉親を失った人の集まりにみずから望んで参加した。体力と時間を総動員して、震災で人々が負った心の傷つきに近づいていこうとした。

医師としての激務が終わったあとでの、深夜の新聞原稿の執筆である。原稿が届くのは、締切日の未明、ときに朝方のときもあった。連載をもとにした単行本で安医師はサントリー学芸賞を受賞し有名になった。全国からPTSD（心的外傷後ストレス障害）や、災害下の精神医療を扱う講演会に呼ばれ、原稿を求められた。被災地を象徴する精神科医という役割を、安医師は担わざるを得なくなった。専門家としてはむしろ安医師は、幼児期のトラウマに由来する多重人格の臨床と研究に震災前から日本では先駆的に携わっていたパイオニアであった。難しい多重人格患者の治療に当たりながら、震災関係の仕事もこなしていたのである。オーバーワークが続いた。

ぼくたちはよく被災地を歩いた。ぼくが覚えているのは、はにかんだような、少し悲しそうな安医師のほほえみと、崩れた街角で亡くなった人の話をしながら、いつもうっすらと安医師の目に浮かんでいた涙である。頑とした強さと、繊細すぎるやさしさを持った人だった。新聞連載は、悲劇の地の内側からリアルタイムになされたルポとして類まれなものになったが、その結末はこのようなものになってしまった。

安医師は西市民病院で働くようになったことがとてもうれしそうだった。安医師夫妻の仲人も務めた精神科医の山口直彦（六一歳）に、こんなふうに話している。

「あそこの先生たちは、患者さんのことをすごく熱意を持って話しているんです。とてもいい病院ですよ」

西市民での本格的な勤務を控えて、四月のある一日、安医師と妻の末美、恭子、晋一の一家は、こぼれるような桜の街でだんらんのひとときをすごした。じつは末美はずっと体調がすぐれず、帰りに薬局で妊娠の判定薬を求め、身ごもっていることを知る。仕事もしたいから子供は二人にしようかとつねづねいっていた安医師は一瞬驚いた。でもすぐに笑顔で「ママ、赤ちゃんができたよ」と恭子と晋一に告げた。二人は大喜びした。恭子ははしゃいだ。

「じゃあ、五人家族だね」

その夜の食卓は、生まれてくる子の話で弾んだ。

いつも帰りの遅かった安医師だが、次の日から夕方には帰宅するようになり、二人の子をふろに入れて夕食をみんなで食べた。「ママの手伝いをしっかりしなさい」と子供たちにいった。晋一は幼稚園から帰ってくるたびに毎日、「もう赤ちゃん生まれた?」と聞いた。予定日が十二月だといってもわからないので末美が「クリスマスのときに生まれるよ」と説明すると、こんどは帰宅するたび、「クリスマスはもう来た?」と聞いた。安医師も笑った。

五月の休日には大阪に住む弟の安成洋の家を訪ねている。成洋にも三か月前に最初の赤ちゃんができていた。その赤ちゃんを抱いてあやしたあと、安医師は成洋に「じつはぼくらにもできた」と告げた。嬉しいけど恥ずかしそうな、はにかんだ笑みだった。

けれどもそのころ安医師は、自分の体の不調も末美や大山朗宏にときおりもらすようになっている。「胃の調子がどうも悪い」と末美にはいっていた。五月二十二日にはある研究会のあと会食があり、いあわせた大山に「ここになにか触れるんや」とおなかをおさえて話した。学生時代の一年後輩で研修医時代からずっと研究会を続けるなど親交が深かった精神科医の岩井圭司（三九歳）にもそのころ「このへんがつっぱる。肝臓かなあ」といい、岩井も「一度、詳しく診てもらったら？」と勧めていた。

五月二十四日夕方、勤務が終わったあと西市民病院の内科の山本健二に頼んで腹部エコーをとってもらう。臨床検査技師は念入りすぎるほど時間をかけて調べた。山本には癌細胞が肝臓全体に広がっていることが一目でわかったが、やんわりと「肝臓が腫れていて表面が荒いので、ＣＴを撮りましょう」と安医師に持ちかけた。

安医師は日記にこう書いている。

《この時、癌であることを直感したが、まさかという気持もあった。夜、家族が寝しずまって、一人声を殺して泣いた》

＊

それでも、まだ信じたくない気持ちと半分半分だった。エコー検査から二日後の五月二十六日、勤務先の西市民病院でＣＴを撮ってもらう。肝臓が腫れていて、まだらに影があるのが見えた。数日後、血液検査の結果をやはり自分で、病院のコンピューターで見た。癌であることを示す腫瘍(しゅよう)マーカーの数値が高くなっていた。

《これで癌であることは疑い得ない事実となった》(安医師の日記より)

西市民病院精神神経科の同僚、大山朗宏は、安医師がエコーを受けた日の夕方、病院をいっしょに出て帰路についた。「よくないみたいだ」。安医師の言葉を聞いて病状を察知した。歩きざま、道端の電柱にこぶしを叩きつける安医師の姿を大山は覚えている。かける言葉がなかった。それから数日、医局にいるときも安医師はぼっとうわの空だったという。

のちに大山は、「先生が病気になったと知ったら、みんな「働きすぎだ」というでしょうけど、先生、悔しくないですか」と聞いた。安医師は「それはない。自分がやってきた仕事は楽しかった」と即座に答えた。そして続けた。

「自分がなんでも引き受けるようになったのは、やっぱり地震かな。阪神大震災があってから、どんな人でも診てあげないといかんという気持ちになった」

少し補足しておいたほうがいいかもしれない。

災害下の精神医療の中心で働いてきたけれど、安医師は「被災地を象徴する精神科医」といった単純なイメージで見られることに抵抗を覚えていた。被災地のメモリアル・ホスピタルといっていい西市民病院で働くことになったとき、大山と安医師のあいだでこんな会話が交わされている。「安先生、これからまた先生は震災がらみの仕事も増えてくるんじゃないですか」。「まあ、でも、ぼくはなにもできないから」

阪神大震災後、安医師は被災地を文字通り奔走した。避難所や仮設住宅も積極的に訪問した。けれども安医師は、「心の傷を癒す」ということが精神科医一人の仕事ではないことも痛感していた。

《阪神・淡路大震災によって、人工的な都市がいかに脆いものであるかということと同時に、人間とはいかに傷つきやすいものであるかということを私たちは思い知らされた。今後、日本の社会は、この人間の傷つきやすさをどう受け入れていくのだろうか。傷ついた人が心を癒すことのできる社会を選ぶのか、それとも傷ついた人を切り捨てていくきびしい社会を選ぶのか……》

（『心の傷を癒すということ』より）

安医師は多重人格の治療を通じて「心の傷」への理解を深め、阪神大震災でそれは終生のテーマとなった。そして傷つきにやさしい社会の姿を考えた。けれども表面のきらびやかさばかり増していく神戸に、いらだってもいた。

みずからが末期の癌であることを知って、安医師が第一に考えたことはなんだったか。

若く、幼い家族のことである。妻の末美にとっても、恭子、晋一にとっても、死別体験が家族の大きな心の傷になることはわかっていた。しかも末美は身ごもっている。安医師は、みずからが描く「傷つきにやさしい社会」の姿を淡々と、しかし非凡な力で生きようとしたようにも思えてくる。

癌であることが確実になり、六月早々に西市民病院に入院することになった。末美がある夜、書斎に入ると、安医師は椅子に座って本の整理をしていた。「検査を受けた。肝臓だったよ。詳しいことはもっと細かい検査をしないとわからないけど、これからは肝臓に気を付けながら生活しないといけないなあ」。そう、夫はさらりといった。

「入院して詳しく検査する。そんなに心配しなくていいよ。検査入院だから」

ことさら末美を安心させるように安医師は、癌であることは告げずにいった。けれども日記にはこう書きつけている。

《正直なところ自分の死についてはぴんと来なかった。〔略〕ただ、末美、恭子、晋一がとても悲しむだろうと思った。その悲しい顔を想像すると耐えられない気持になった。それに十二月には三人目の子どもが生まれる。まだ死ぬわけにはいかない》

笑顔　平成十二年、夏

安医師は六月、西市民病院に入院して抗癌剤治療を受けることになった。主治医の山本健二の診立てでは、余命はすでに三か月しかなかった。

「ここまで病状が進むとほとんど効果のある治療はできないんですが、「治療しても効果がないからしない」とは本人にいえないので」。山本はそう振り返る。

入院前日の六月四日、日曜日。安一家は精神神経科の同僚の大山朗宏一家と神戸・元町で食事をしている。安医師の病気を知った大山が「これから家族同士のつきあいが必要になってくるだろう」と思ったからだ。大山にも一歳にならない子供がいた。その愛くるしい表情を見ながら末美は大山夫妻に、「わたしもがまたがんばって生もうという気になってきた」と笑顔を見せた。

入院当日。つわりがひどくなっていた末美を、安医師は「しんどいだろうからついてこなくていいよ」と案じ、「だいじょぶだから。一人で行けるから」と繰り返した。末美は夫を気遣ってついていった。夫婦は十一階の病室の窓に肩を並べて立った。晴れた空の下に初夏の山並みが波打っていた。

病院の周辺に真新しいビルが夏の光を照りかえして建ち並び、そのあれこれを夫は隣に立つ妻に説明した。窓際に二人は肩を並べて立ち、神戸の街を見渡しながらひとときをすごした。

夫から検査入院だと説明されていた末美に不安はなかった。この時点でもまだ安医師は、末美に癌であることを打ち明けていない。

末美が妊娠していることを知っていた主治医の山本はだれに告知するか思案し、まず安医師の母の朴分南、弟の安成洋を呼んで説明した。母は声を震わせた。病状はすぐ、米カリフォルニア大学の准教授として原子力工学を研究している安医師の兄、安俊弘（四二歳）のもとにも電話でもたらされた。

その数日後、山本は安医師本人にも病名を告げた。こぢんまりとした面談室で、白く黒く、まだらに写った肝臓のレントゲンとCTの写真が蛍光燈の光に浮かび上がった。軽く笑みを浮かべるような表情で、安医師は静かに山本の説明を聞き終わった。そしていった。

「家内にはぼくが話をしておきます。山本先生のほうからは話をしていただかなくてけっこうですから」

その話を聞いたとき俊弘は、「精神科医として、家族のケアは自分がやると決めているんだろう」と感じた。阪神大震災の被災地で「心のケア」に取り組み、その後も心の傷をテーマにしてきた弟の仕事は、著書などを通じて知っていた。

抗癌剤治療を受ける前日か、前々日。真っ青な初夏の空が広がっていた。

安医師は病室を訪れた妻に「癌だと思う」とさらりと告げた。末美は泣き出してしまった。なにかを考えるというよりも先に涙があふれ出た。そんな妻を励ますように安医師は明るくほほえみながら、続けた。

「西洋医学ではもう治療法がないんだけど、いろんな代替療法があるし。治っている人もたくさんいるから」

「治療法がない」という言葉に「死」をはっきりと身近に感じながらも、夫の笑顔が末美のなかで交錯した。「細かいことは主治医の先生からぼくが聞いて君に伝える。それでいい？」。そう問う夫に、「それでいいけど……」と末美は答えた。「なにも隠さずになんでも教えてね」。安医師は末美に細かい病状を伝えず、最後まで笑顔で通す。

「パパの前で泣いてごめんね」

二時間も三時間も末美は泣きつづけた。安医師はそんな妻に寄り添い、いたわっていった。

「家に帰ったら（子供がいて）泣けないだろうから、ここで泣いてお帰り」

そして食餌療法のほか、これから取り組もうとしている代替療法について明るくしゃべった。「心の傷」と格闘してきた安医師は、夫、そして父親の死という、いつかは家族に訪れるだろう最大の傷つきをみずからいたわろうとしていたのだ。

《死別反応は、重大な精神的打撃であり、さまざまな症状が出現するが、狭い意味での「治療」の対象ではない。「治そう」「悲嘆のプロセスを進めよう」「楽にしてやろう」などの介入は、むしろ喪失に耐える人の尊厳を損なう行為である。できるかぎり当事者の悲嘆を尊重することが大

切である》

（安医師の論文「阪神大震災の心理社会的影響」より）

涙の笑顔で、末美は「だいじょぶ、だいじょぶ」と自分に言い聞かせるように語った。長いあいだ、二人はそうやってすごした。身ごもった妻を抱きしめて、夫はいった。

「がんばろうね」

＊

「だいじょぶ、だいじょぶ」と言い聞かせながら末美は病院を出た。でも涙は止まらなかった。かつて焼け野原となった長田区は新しい建物が建ち並び、初夏の午後の明るい日差しに照りかえっていた。なにもかも、輪郭が痛いほど鮮やかにくっきりと末美の目に映った。

子供のように泣きじゃくりながら、末美は歩いた。足が地に着かず、宙に浮いているようだった。シャツに日を照りかえしてすれ違う人がみんな幸せそうに見えた。

「わたしはもう幸せな世界の人間じゃない……」。道行く人がけげんそうに振り返る視線も、末美はよく覚えていない。泣き止もうとしても涙は止まらなかった。家へ向かう地下鉄のなかでも末美は泣きつづけた。

西市民病院の周辺をいま歩いてみる。真新しい市営住宅が淡い茶色の壁を日に輝かせて林立している。少し傾いた午後の太陽が道路にビルの影を落としている。ひっきりなしに通る車は、地表にくぐもった低い人工的な機械音の層を作っているかのようだ。真新しい街で、真新しいビルと車の低い振動音にさらされて、一瞬、どこにいるのかわからなくなる。

《苦悩は、華やかな復興の陰に隠れ、個人の人生に重くのしかかっている》

（平成十＝一九九八＝年五月十一日朝日新聞大阪本社版朝刊への安医師の寄稿「多様なケア実現を」）

震災から一年半後、安医師にインタビューする機会があった。武士道的な「恥」の意識もあってか、日本の社会には、傷ついた心を表に出すのは恥ずべきことだといった考えがいまもあるのではないか。とくに戦後社会は、戦争で心に傷を負った人がたくさんいたのに、その傷にふたをして生活の安定を最優先させてきたのではないか——。そう指摘したうえで、安医師はこう語っている。

《今ならもっと違う社会のあり方だって考えられると思うのです。〔略〕傷ついて動揺したり泣いたりすることは、社会の生産機能という点から見るとじゃまになるんですけれど、もう生産第一じゃなくてもいいんじゃないでしょうか。傷を負った人が一人でがまんして、涙を圧し殺さなくてもいいと思うのです》

（平成八＝一九九六＝年七月二十一日産経新聞東京本社版朝刊）

自宅マンションの玄関前でようやく涙をこらえ、末美は恭子と晋一が待つ家に入った。でも子供たちが寝静まったあとその静かな寝顔を見ていると、涙はふたたびあふれてきた。こんなに小さいのに、父親がやがていなくなる。次の日もまた、末美は泣いた。自分が世界から取り残されていくような、つらくてたまらない気持ちだった。それから、二人の子供のことがかわいそうでならなかった。泣きつづけて、末美はふっと気づいた。

癌であることを告げたあと、「ここで泣いてお帰り」と泣きじゃくる自分をいたわってくれた夫。西洋医学では治療法がないといいながら、笑顔で、代替療法について説明してくれた夫。

「わたしじゃない。子供じゃない。夫がいちばんつらいんだ……」

阪神大震災の被災地で、事故や事件のPTSDの治療で、幼児虐待のトラウマに由来する多重人格の臨床で。つねに安医師は傷ついた人のかたわらに、静かなまなざしでたたずんできた。その安医師こそが、傷つき、悲しみのさなかにいた。

＊

西市民病院に入院しての抗癌剤治療自体は吐き気や発熱を伴いつらいものだったけれど、それ以外の日は、安医師は本を読んだりCDを聞いたりしてリラックスしてすごした。ベッド上で翻訳の仕事も進めた。病は、親しい人たちにすぐさま伝わった。見舞に訪れる人たちを安医師は笑顔で迎えた。「病人になることにまだ慣れてないんだよ」とベッドで笑うこともあった。顔つきも、健康なころと少しも変わらなかった。安医師は、医者として自分の病気がいたる結末を知りながらも、末美、恭子、晋一、そして生まれてくる赤ちゃんをいたわり、笑顔で生きようとしていた。

病室にポータブルのDVDプレーヤーがあった。精神科医の岩井圭司があるとき、北朝鮮の怪獣映画のソフトを持って見舞いに訪れた。研修医から勤務医となり別の病院で働いていても研究会などで週に何回も顔を合わせ、飲みにいっては小説や音楽の話をするあいだがらだった。安医師は「よくこんな映画、持ってくるな」と苦笑いしながら、「この前も（別の人に）四、五本、ソフトを貸してもらったんだけど、そのうち二本くらいは主人公の父親が死ぬ話やねん」といった。何気なく出た「死」という言葉に岩井はぎくりとした。

平成九（一九九七）年、兵庫県立明石城西高校新聞部の生徒のインタビューに答えて、安医師はこんな話をしている。生徒は「先生にとって「死」とは何ですか」と聞いた。

《それは誰にとっても難しい問題ですね。でも、精神科医という立場を離れて言うなら、死がすべての終わりじゃないということですね。死んでしまったら何も残らないというわけではないと思った方が楽になれるでしょう。そう考えると死に対して少し前向きになれるような気がします》

（城西新聞一二一号）

入院中、安医師は主治医の山本健二に告げている。

「病状についてはできるだけ正確に伝えてください。でも余命についてはいっていただかなくてけっこうです」

精神科医の山口直彦が見舞ったときも「主治医の先生には「ちゃんと告知してほしいけど、いつ死ぬとか、そういうのはいってほしくない」といったんです」と安医師は説明した。山口は安医師夫妻と旧知のあいだがらだった。山口が神戸大学医学部精神神経科の助教授から県立光風病院の院長に転出するとき、安医師が神戸大学の助手に呼ばれ、山口が担当していた患者の半分ほどを引き継いだ。院長になってからも山口が主催する「木曜会」という週一回の研究会に、安医師は毎回のように出席しており、また子供が生まれると一家で山口の家を訪ねるなど、公私ともに親しいあいだがらだった。教え子の枕もとに言葉数少なくたたずむ山口に、安医師は「代替療法でも食餌療法でも、癌にいいことはなんでもやります」と続けた。淡々とそう語る表情が山口にはなんとなく、安医師がすでに覚悟を決めているように映ったという。「安君はわかっていたと思います。でもそのときの心理として、わかっていてもいえない」。そう山口は振り返る。

結末を知りながら、安医師は生きようとしていた。

しかし、母の朴分南、弟の安成洋に相談のうえで、主治医の山本がひとつだけ安医師に隠していたことがある。安医師の癌は、すでに肺にも転移していた。それほど病状は逼迫していたのである。山口が見舞いに訪れたときも、安医師は「肺に転移してなくてよかった」と淡々と話した。成洋から病状について聞かされていた山口にはその言葉がつらかった。

末美たちに笑顔を絶やさなかった安医師だが、心中はどうだったのか。日記は退院後の八月下旬から書きはじめられている。一回目の入院中の細かい心境は記されていない。

安医師の同僚、大山朗宏は入院中、恭子から病院に届いた手紙についてしんみり話す安医師の姿を記憶している。アニメ『ムーミン』の絵柄のかわいい便せんに、入院中の父親を励ますたどたどしい文字。「娘が手紙をくれてね」。そういって安医師は少し声をつまらせた。

六月十四日には恩師の中井久夫（六六歳）も安医師を病室に見舞った。中井と安医師は阪神大震災のとき神戸大学精神神経科の教授と助手である。安医師は心から中井を慕っていた。人づてに病状を聞いた中井は、知り合いの外科医にも意見を求め、愛弟子に助かる見こみがないことを悟った。あたりさわりのない話をしながら病室で教え子の体を触診し、口をあけさせて状態を見た。中井が帰ったあと、安医師は静かにすすり泣いた。

「師にこんなことをしてもらって、申しわけない……」

退院後の六月十九日、安医師が中井にあてたはがきにはこんな一文がある。

《親より先に死んではいけないといいますが、同じように師より先に逝くことのないよう努力しています》

＊

アメリカで弟が末期癌であることを聞いた安俊弘は六月十三日、すぐさま帰国する。日本へ向う機中で重苦しい思いが次から次へと頭を支配した。安医師の小さい子供たちのこと、生まれてくる赤ちゃんのこと。治療のための資金。

関西国際空港から西市民病院の病室に直行すると、弟はいつもと変わらない顔で兄を迎えた。淡々と安医師は話した。「胃が痛いと思っていたんだ」「職場を変わって送別会や歓迎会が続いたせいかと思っていた」……。俊弘の記憶に強く残っているのは、助手、そして講師と九年間勤めた神戸大学医学部付属病院で治療を受けることをひどくいやがっていたことである。

「やめた大学で世話になりたくない」

いろんな人間関係もあるのかなと俊弘は思った。手術や、副作用の強い化学療法を避け、代替治療を行って病気と共存していくということを安医師はこのとき俊弘にも語っている。けれども俊弘はすんなりと同意することはできなかった。俊弘はカリフォルニア大学で原子力工学を研究する科学者である。放射線による癌治療の最新の成果についての知見もあった。弟に、近代医学による治療をもっと受けてほしいという思いがあった。

翌十四日、俊弘は安医師にはないしょのまま西市民病院から弟の病気に関する資料一式を借り出し、神戸大学の外科を訪ねた。神戸大学のスタッフの診立てでも、安医師の余命が三か月であるということは変わらなかった。だがスタッフは協議して実験的な治療法を提案した。肝臓に大量の抗癌剤を投与し、バイパスを作って投与した薬剤をすぐに抜いて副作用を軽減させる「大量肝動注」という方法である。たとえそれによって完治することはないにしても、俊弘には希望が持てる気がした。

十五日午前中、俊弘は母の朴分南とともに神戸に向かった。さわやかに晴れた初夏の被災地の輝きが電車の窓越しに車内を明るく照らして、並んで腰を降ろした俊弘の目を射た。

《神戸は観光都市の風情を取り戻している。外来者はもう震災をほとんど意識することはないだろう。〔略〕震災の影響が見えにくくなっているのは、物質的なものだけではない。人々の心への影響もまた、とらえにくくなっている。〔略〕個を尊重しながら、人との結びつきを大切にする社会のありかたが、今こそ問われていると私は思う》

（平成十＝一九九八＝年一月十四日中日新聞夕刊への寄稿「虚無主義をこえて」）

震災による人々の心の傷つきと戦ってきた弟。車窓から見える被災地の街の明るい輝きもやがてその弟と関係がなくなろうとしている。母は泣いていた。

安医師は十四日に外泊で自宅に戻っていた。リビングで末美といっしょに、だまって俊弘の話を聞き終えた。俊弘は神戸大学が提案した治療法を勧めた。「ぼくはいいと思うけど。みんなすごく希望が持てる気がする」

安医師は自分が座った正面をまっすぐ見据え、兄とは目線をはずしたまま、言下にいった。

「それはやりたくない。なにがあってもいやだ」

こわばった表情で、怒っているようにも見えた。「それでは目先の癌は取れても、体がぼろぼろになる」といって、安医師は食餌療法や精神療法など、自分が思い描いている治療法について繰り返した。「もともと自分が勤めていたところに、病気の体で行きたくない」ともいった。

兄弟のあいだで問答が続いた。やがて安医師は泣き出した。

「そんな治療を受けたら、赤ちゃんが生まれるまでぼくは生きてられない」

黙って聞いていた末美は、ぽろぽろと涙を流す夫の姿を見て泣いてしまった。そこまで病気は悪いのかという思いがつのる一方で、泣き出した夫にとてもその治療法を勧める気にはならなくなった。

「……パパの思う通りにしたい」

夫のいうことを懸命に聞いて、いっしょにがんばろうとしているようにも俊弘には見えた。俊弘は神戸大学のスタッフに感謝する気持ちの一方で、折れるしかなかった。

「わかった。ぼくたちは方針を尊重して外からサポートする。家族の時間を大切にして、この病気とやっていくようにしてほしい」

《大きなトラウマを受けた人の前では、専門家も無力であると私は思った。いや、むしろ無力であることから出発すべきなのだろう。安易に慰めたり、気晴らしを強要したりするのではなく、孤立を深めないように手の届くところに存在することが大切なのだろう》

（エッセイ「死別体験の分かち合いの集い『さゆり会』から教わったこと」）

安医師は阪神大震災後、肉親を亡くした人たちが集まって死別体験を共有する「兵庫・生と死を考える会」に精神科医としてみずから希望して参加した。「考える会」には、文字通り生と死を考える研究会と、肉親を失った悲しみをこらえずに表出し、語り合う（グリーフワーク＝悲しむ作業＝と呼ばれる）ための分科会があり、「さゆり会」はその当事者の集まりの通称である。「考える会」が平成八年に出版した文集『生きる』に、安医師はそんな文章を書いている。

安医師は、愛する家族にやがて訪れる運命を知っていた。人と人の結びつき。運命にあらがうように、安医師は「孤立を深めないように手の届くところに存在」しようとしたのではなかったか。

＊

弟から、自分の癌についての治療の考えが変わらないことを聞かされた俊弘は、その足で安医師の恩師である中井久夫を訪ねた。中井は平成九（一九九七）年に神戸大学を退官し、甲南大学に席を置くとともに阪神大震災後設立された「こころのケアセンター」の所長を務めていた。

中井は分裂病の治療と研究において日本を代表する精神科医であり、著作は全集にもなっている。また稀代の随筆家であり、ギリシャ詩やフランス詩の翻訳も行う文人でもある。安医師が精神科医を志したのは、神戸大学の学生時代に中井に出会ったからであり、その講義を聴いたときの自分の気持ちを、中井の退官記念誌で「水面で魚がはねるよう」だったと記している。

中井はおよそ、大学医学部の教授らしからぬ人である。明晰でありながら飄（ひょう）としている。みずからを権威とすることを嫌った。医局員には研究についてさしでがましいことはなにもいわなかったが、患者を診ることをおろそかにしてはいけないと口をすっぱくした。権威を嫌いひたむきな安医師を、中井もまた愛した。

「安克昌はナイスな青年であり、センスのある精神科医であり、それ以上の何かである」。安医師の『心の傷を癒すということ』の序文を、中井はこう書きはじめている。

「私などの世代が分裂病臨床を開拓しようとした後を承けて、それに取り組みながら、すでに心的外傷の理論と臨床とにいちはやく着手して、この分野に先鞭をつけていた。このひそかな準備性は阪神・淡路大震災によって明らかにされた。地震がやってきた時、新しい何が待っているか、それに対して何をなすべきかをもっともよくわきまえていたのは彼であった」

安医師はこの本で賞を受けたが、受賞以上に後々まで喜んでいたのは、この序文だった。

「外科医十人に聞いたら十人とも、その治療法は自分にはやらないでくれというでしょう」。中井は俊弘にそういった。俊弘がもうひとつ覚えているのは、「申し訳ない」と、うっすらと涙を浮かべて語った中井の表情である。

「……申し訳ない。私が退官するとき安君も場所を変わっていれば」

自分が去ったあと安医師が大学内での人間関係で苦労していることを中井は聞いていた。それはいろんな職場にあることだけれども、中井はみずからを責めていた。

中井は愛弟子の病を最初に聞いたあと、すぐさま知り合いの外科医を訪ねている。「助からない」といわれた。安医師の考えを俊弘から聞かされて、愛弟子が選ぼうとしている道を理解した。「助からないのであれば生活の質を高くする。安君はそれを望んでいる」、と。中井はみずから漢方薬や、代替治療で癌に効果があるとされる品を手配した。

「助からなくてもね」。中井はのちに振り返って話した。「なにもしないで死を待つことと、なにかをしていることとは、違うんです」。

中井は『心の傷を癒すということ』の序文を次のように結んでいるが、いまそれは二重に悲しい。

「この震災の中で彼は多くのものをみた。にもかかわらず、彼の筆致は淡々として、やわらかであり、まろやかでさえある。その中に、彼の悼みと願い、怒りと希望とを読み取ることは読者が協同して行う仕事となるであろう」

六月十五日に西市民病院を退院したあと、安医師は十日間仕事を休んだ。早朝五時ごろに起き、少し離れた山中にある諏訪神社まで散歩した。大阪の鍼灸院に通い、一種のヒーリングを応用した治療も受けはじめた。末美は自然食の本を買い、玄米食や、菜食のおかずを作った。梅雨の厚い雲と、梅雨のあいまの晴れ空を繰り返しながら、神戸の街は夏の輝きを強めていた。

六月の下旬には夫婦で奈良の大神（おおみわ）神社におまいりにでかけた。末美の姉の曽根真由美が神戸で子供のめんどうを見てくれていた。よく晴れていて奈良までの道中はとても暑かったのだけれど、神社の鬱蒼とした木立のなかに入ると暑さを感じなかった。冷たい涌き水がおいしかった。木立のなかに病気の治癒を祈願する「くすり道」があって、夫婦は手をつないで歩いた。神社で、末美はじっと手を合わせた。「病気がよくなりますように」と。安医師にも神社の清浄な雰囲気が印象的だったらしく、のちに日記にこう書きつけている。

《来年同じころにまたぜひ参拝してみたい》

末美は身重の体で夫の病を支えることができるかどうか、不安だった。おなかが大きくなると夫の世話もじゅうぶんにできなくなるだろうし、夫に負担もかけるだろう。あるとき自問するように、「ほんとに赤ちゃんを産んでもいいのかな……」と夫に聞いた。安医師は答えた。

「もちろんだ」

晴れやかな笑顔だった。

「励みになるから産んでくれ」

＊

六月二十六日、安医師は西市民病院に精神科医として復職した。変わりなく病院に出て、患者を診た。安医師の希望で末美は弁当を作り、昼食も玄米菜食にした。

阪神大震災をきっかけに「心の傷」の専門家のように見られるようになった安医師のもとには、全国からＰＴＳＤ（心的外傷後ストレス障害）や、心的外傷に由来する多重人格の患者が紹介されてきた。みずからが病であることがわかっても、安医師は精神科医として治療の手を抜かなかった。

「治療の仕方は完璧でした」と精神神経科の同僚、大山朗宏は振り返る。体調が悪くなってきた秋になっても、大山は安医師がＥＭＤＲ（Eye Movement Desensitization and Reprocessing）という治療法を初診の患者に行っていたのを覚えている。治療者の指の動きに合わせて患者の眼球を動かさせ、心的外傷の解消に効果があるとされているが、時間と手間がかかる治療法である。

じっくりと訴えに耳を傾けてくれ、包み込むようなまなざしを向ける安医師の態度を、多くの患者が慕った。うつ病に苦しむ男性患者は安医師の死を知って自分の母親に電話しながら、さめざめと泣いた。この男性は大学生時代に安医師と出会った。それまでの医師は彼の話を聞こうという姿勢が全然ないように感じていた。でも安医師は初診のとき、黙って、一時間以上話を聞いてくれた。それ以来ずっと、治療を受けに安医師のもとに通った。

大阪に住む津野佐登美（四五歳）は平成八（一九九六）年に交差点を自転車で渡っているとき車にはねられ、傷が癒えてからしばらくして突然の体の震えや恐怖感、悪夢に悩まされるようになった。外出もできなくなった。何人かの医師に聞いたがまともに取りあってくれない。翌年、安医師のことを知って当時の勤務先の神戸大学付属病院を訪ねると、すぐPTSDだといわれた。「こんなに悪くなるまでどうしてほうっておいたの」といったが、それはPTSDにいまだ理解が足りない日本の医学界に向けられた憤りでもあった。二週間に一度の治療が始まった。大阪から神戸への足取りは重かったが、安医師の顔を見て話を聞いてもらうと、元気になった。

「津野さん、絶対に治ります。治ったらすばらしいことができるから」

安医師はそういって津野を励ました。一回の治療に二時間かけることもあった。自分が診察日に当たってない日でも診察をいとわなかった。「穏やかで、ほんとうに自分のことを心配してくれていて、包み込んでくれるような感じでした。心から安心して信頼できました」と津野はいう。安医師が西市民病院に移ると、津野も西市民に通って治療を受けた。

そうやって自分を慕ってやってくる患者に、安医師は自分が癌であることを告げ、順次、かわりの医師を紹介していった。《今週はついに1時間以上のカウンセリングをしていた患者たちに、治療の中断をお願いしました。10人くらいこういう人たち（ほとんどDID〔Dissociative Identity Disorder、解離性同一性障害＝多重人格障害〕）をかかえていたのですから、疲れるはずです》《療養と仕事はなかなか両立しません。患者を前にするとどうしても手抜きはできないし、自分が患者を体験するとますます手抜きができなくなってしまいました》。中井久夫に七月二十一日と二十九日にあてたはがきで、そんなふうに報告している。

七月末、西市民病院の診察室に津野を招き入れるなり安医師はいった。「じつは癌なんです」。淡々とした表情だったという。安医師は知り合いの精神科医を津野に紹介し、「合わなかったらべつの医師を紹介するから」といった。引継ぎができるまで安医師は患者を診察した。

体調が悪くなり休みがちになっても安医師はタクシーで西市民病院に通い、亡くなる約一月半前の十月二十日まで患者を診る。「おそろしい気力であり、臨床魂である」と、のちに中井久夫は弔辞で語った。

安医師が癌であることを告げられた津野は動揺し、「私のような者が生きているのに、先生が……」と嘆いた。あるとき安医師はいった。

「津野さん、ぼくには時間がないの。津野さんもつらいだろうけれど、時間が限られたつらさというのはね……」

そういって安医師は口をつぐんだ。

＊

八月一日、安医師は西市民病院で抗癌剤治療を受けるため二度目の短期間の入院をし、八月いっぱい、仕事を休んで自宅で療養する。

五月に肝細胞癌が末期で見つかってから、主治医の山本健二が診立てた余命はこの月で尽きるはずだった。だが実際には安医師の体調はよかった。疲れると上腹部が腫れて鈍痛がすることがあったが、癌の有無を示す腫瘍マーカー値のあるものは、入院中の検査で五月末の約四分の一にも下がっていた。末美は「ほら、こんなにこの数字が下がったよ」とうれしそうに話す夫の表情を覚えている。

末美もまた、元気な夫の顔を見て、「この人なら末期の癌を克服した一人になれるのかもしれないな」と思いはじめていた。丸山ワクチンのほか、きのこ類、サメの軟骨、海洋深層水。当時およそ癌にいいといわれていたものをすべて安医師は試していた。頭のなかのイメージによって癌細胞を殺すサイモントン療法も続けていた。

夏。晋一を幼稚園に送る安医師の写真が残っている。ポロシャツに綿パン。父子の明るい笑顔を夏の日が浮き立たせている。

このころ安医師は、自分の生き方を反省するような言葉を、しばしば親しい人にもらしている。七月には、中学のときからのいちばんの親友である精神科医の名越康文（四〇歳）と神戸で会ったとき、「癌になってよかった」と、冗談とも本音ともつかぬ言い方で話した。

「癌にならなかったら、こんなふうに解放されなかった。もうぼくは、いやなものはいやという」

「阪神大震災の被災地の精神科医」、「心の傷つきの専門家」、「多重人格治療の日本のパイオニア」

……名越は、時代が安医師に課したくびきの重さを思わずにはいられなかった。

八月半ばには兄の安俊弘がふたたびアメリカから帰国し、神戸に弟を見舞った。自宅の和室に座りながら、兄弟はとりとめのない話をした。俊弘が強く覚えているのは、「仕事をやめようかと思う」という弟のためらいがちな言葉だった。

「自分の生き方は肩に力が入っていたかもしれない。静かなところで考えてみたいな」

末美にも、「いままでの自分は死んで、新しく生まれかわるんだ」と話している。


そんな夏のある夜。安一家は和室で四人寄り添って床についた。豆電球がついただけの部屋で、父と母のあいだに横たわった恭子と晋一はすぐ眠りに落ちた。静かな夜のしじまが部屋に満ちた。

突然、嗚咽が響いた。

驚いた末美は夫の隣に回った。上を向いたまま、夫は両手で顔を覆って号泣していた。そんな姿を末美に見せたのはあとにも先にもそのときだけである。泣きじゃくって安医師はいった。

「ぼくが死ぬのはいい……」

顔を覆ったままでしゃくりあげながら、とぎれがちの言葉がもれた。

「……残された者がかわいそうだ」

末美はただうろたえて、夫の体をなでた。

「だいじょぶだから……」

震える夫の肩をなでながら懸命に語りかけた。「だいじょぶだから。パパならきっと治るから」

夫の涙は止まらなかった。

「おまえがかわいそうだ。子供が三人も……どうするんだ」

晋一と恭子はすやすやと静かな寝息をたてていた。

八月二十七日から約一週間、安一家は末美の実家に近い大山に旅行する。ふもとにペンションを借りた。「一人で考えたい」という安医師の希望で末美と恭子、晋一は初日だけペンションに泊まり、あとは末美の実家に寝泊りして安医師のもとに通った。

二十八日、月曜日の光景を末美はよく覚えている。一家は午後から近くのアスレチックに行った。空は美しく晴れ渡っていた。草の広場の端に大きな木があり、木陰のベンチに安医師は座った。そよ風が吹いて、夫のまわりにさらさらと木漏れ日を揺らせているようだった。

やや離れた遊具で末美が恭子と晋一を遊ばせた。子供たちはひとつの遊具をこなすと、「パパー」といって父親のもとに走っていった。恭子の長い髪が日差しに揺れた。安医師が「じょうずだね」とほめると、子供たちは得意な顔でまた遊具のほうに走って帰った。

だが大山に旅行したときから、安医師の体調は悪化しはじめる。下痢が続き、倦怠感や頭痛が体を苦しめた。

安医師は二十八日の日記にこう書いている。

《恭子と晋一は芝生の上を走りまわり、丸木を組んだ遊具によじのぼり一生けん命遊んでいた。末美も大きなお腹をかかえて、相手をしてやっていた。こどもたちの元気な姿を見ていると涙が出てきた。我が子ながら本当にいい子たちだ。私が死んだら悲しむだろう。生きて成長を見たい。でも生きられるだろうか》

＊

《八月三十日　朝食抜くが、下痢つづく。〔略〕末美と子どもたちは二時四十分のバスで神戸に帰る。下痢と食事中止のため、気分悪くふらふらしてくる》

《八月三十一日　暑くて外に出られない。便の回数は減ったが、相変わらず水様便》

大山での旅行中の日記には、体調の悪化を示す記述が続く。末期の肝細胞癌がやがていたる結末への思いが、あらためて安医師にのしかかってきたのだろうか。九月一日の日記には《先のことは考えぬようにして、その日、その日を如何に生きるかを考えようと思う》と書いている。そして、先に神戸に帰した妻と子供に思いをはせ、こう書きつけている。

《家族と一緒にいることの有難さも痛感した。私の幸せは家族とともにいることだ》

九月二日、安医師は神戸の自宅に戻る。四日には在日韓国人の友人であり不動産会社を経営する姜邦雄（四二歳）が病気のことを知り、大阪から見舞いに訪れた。大学に入って間もないころ安医師は、民団が在日の学生を集めて韓国で開く春季学校に参加し、ソウルに三週間留学した。そのとき寄宿舎で相部屋だったのが姜だった。安医師、姜をはじめ、留学に参加したなかから八人の仲間ができ、日本に戻ってからも親しくまじわった。仲間のなかでいちばん年下の安医師は、「克昌」を韓国語読みしてみんなから「ぐっちゃん」と呼ばれ、弟のように愛された。安医師も若いころは酒が入ると踊ったり、心からうちとけた姿を見せた。

神戸を訪ねた姜を迎えに出た安医師は、顔が会うなり目線を少しそらして顔をふせた。その姿が姜の胸を突いた。胸襟を開きときには馬鹿騒ぎもしてきた仲間のなかで、いまは自分が癌という病を抱えている。もうあの時代に戻ることはできない。そんな「ぐっちゃん」の気持ちがぐさりと姜に突き刺さった。しばらく世間話をしたあと、安医師は平静な表情を取り戻し、自分が第四期の癌であること、第四期とは末期の状態に近いことを淡々と語った。

「青汁を飲んでいるんですが、これがまずくて」

ほほえむようにいう安医師に、姜は「仲間もみんないるんやから、がんばろ」といった。

安医師はやはり淡々と話した。

「子供もいるし、もう一人できるから、がんばります。指定医の講習会を受けに東京にも行かないといけないから」

「ぐっちゃん」は運命を知りながら生きようとしている。自分にできることはなんでもやろうと姜は思った。

五日から安医師は西市民病院で精神科医として復職したが、一日患者を診ると疲れ、火曜日と金曜日だけ診察に出てくることにした。「週に二回ならやれると思うんだ」。そう末美に話した。玄米菜食を続けていたせいでもあるが、やせも目立つようになった。安医師と多重人格についての翻訳を進めている精神科医の宮地尚子（三九歳）は十日、三宮で安医師と落ち合った。白い半そでのTシャツから出た安医師の腕や首まわりが細くなっているのに宮地は驚いた。

この日は末美の三十七歳の誕生日でもあった。安医師は贈り物を欠かしたことがなく、その年もずっと「プレゼントはなにがいい？」と聞いていた。末美にほしいものはとくになかった。「いらないから」という末美に、安医師は「なにかいってくれないとプレゼントできないから、いってほしい」と重ねて聞いた。

「なにもいらないから、元気になってほしい」

そう答えた末美に、安医師はしばらくほほえむようにして、いった。

「それは難しいから、なにか物でいってほしい」……

夕方、一家は元町のインド料理店で食事をし、ケーキを買って帰ってささやかに祝った。九月十五日付で中井久夫に送ったはがきには、《何とか長生きして少しでもご恩に報いなくてはならないと思います。〔略〕致命的な病気になってしまいましたが、そのおかげで学んだことも大きいように思います》と書いている。

ある朝の記憶が末美の脳裏に焼きついている。末美がふとんのなかで目を覚ますと、先に起きていた夫と小学二年生の恭子の会話が聞こえてきた。恭子は夫に無邪気に聞いていた。

「パパ、癌なの？」

父親が癌であることは黙っていたが、本箱に並んだ癌の本や小耳にはさんだ大人たちの会話から、それとなく病状を察知したらしい。夫が「うん、そうだよ」とさらりと答えると、恭子はさらに聞いた。

「パパ、死ぬの？」

末美はふとんのなかで固くなって出られなくなってしまった。夫は答えた。

「ううん、死なないよ」……

＊

安医師は以前にも増して、熱心に代替療法を続けた。九月六日には、癌に効果があるとされていたきのこについて詳しく知るため三重県のある機関まで出向いた。姜邦雄が人づてに探してきて安医師に勧めたのだった。近鉄電車に乗りこんだ安医師と姜はとりとめのない話をした。

「姜さん、インターネットで癌のことを調べようとしたら、ビジネスが多いんです。癌患者相手のビジネスをしてるんですよ」

「そうか、じゃあぐっちゃん、癌を治せ。治して俺とビジネスをして、ひともうけしよか」

むかしと変わらない軽い冗談口調の会話に、ときどき切実な思いが交じった。

「姜さん、ぼくは治る気がする。このごろとくにそんな気がする」

「うん、ぐっちゃん。俺もそう思う。おまえはきっと治るから」

だが疲れからか痛みからか、車中でときおり安医師はじっと目を閉じてぐったりと椅子にもたれかかって休むのだった。電車を降りて乗ったタクシーのなかでも安医師はぐったりとしていた。車窓の外には延々と田園風景が広がっていた。まだ青い稲がさわさわと揺れていた。

帰り道、安医師はこんなことをいった。

「ぼくは、家族の時間を大切にしようと思います。大山に一人でいたあいだは、じつをいうと寂しかった」


このあとも安医師は奈良県御所市の民間医院を訪ねたりしている。安医師は懸命に生きようとしていた。だがみぞおちの痛みや疲労感は、日増しに強くなっていった。

西市民病院にもタクシーで通勤するようになった。病院のコンピューターで自分の血液検査の結果を自分で見て、悪化するばかりの腫瘍マーカーの数値を前に、じっと黙っていることもあった。

末美のおなかも、目立って大きくなっていた。予定日は十二月六日。くしくもその日、安医師は四十歳になるはずだった。なにもなければ。

あるとき、安医師は末美に頼んだ。

「赤ちゃんが男の子か女の子か、知りたいんだ」

恭子のときも晋一のときも、「生まれてくるときの楽しみに」と、安医師は性別を知ろうとしなかった。でもこんどは違った。安医師はいった。
「名前を考えるのに性別が早くわかったほうがいいから」

《マスコミではこの心のケアというものを専門家の何か特殊技術であるかのように報道されました。〔略〕でも本当のところは一番大切なのはもっと普通の人間としての一市民としてのつき合いにあると私は思います。そういう心遣いであるとかですね、平たい言葉でいうと、思いやりとか、気遣いとか、気くばりとか、そういうものが心のケアには必要なのです。〔略〕それはいつも声をかけられる場所にいるということにもなるんです。「プレゼンス＝存在している」ということが大切だし、繋がってないといけないのです》

（平成九＝一九九七＝年一月の横浜市南区防災シンポジウムでの安医師の発言より）

戦い　平成十二年、秋

神戸の夜の風にひんやりとした気配が濃くなってきた。九月が終わろうとするころ。安医師の容態は日ごとに悪くなっていった。

精神科医として火曜と金曜だけ診察を続けていた西市民病院でも、ぐったりとしたようすを見せることが多くなった。ネジをまいてやっと病院に出てきているようすだった。九月下旬には、週二回の診察も休んでしまう。

《心窩部の痛みは今までにないほど強い》（日記より）

見かねた同僚の大山朗宏は九月末、「先生、あしたから診察は午後からだけにしたらどうですか」と勧めた。安医師は従った。十月六日には事務局長が休職について打診した。体調がそこまで悪化する前は「腹水がたまるまで診察するよ」と大山に話していた安医師だが、事務局長に「お願いします」と答え、精神神経科の部屋で休職願を書いた。これ以上、続けられないという気持ちだった。

「こういうものを書くとぐっとくるものがありますね」。休職願を書いてしんみり話す安医師に、大山は「先生、待ってますから。帰ってきてください」と声をかけるしかなかった。安医師はいつもそうであったように、穏やかな笑みを浮かべていた。

家でもしんどそうにしていることが多くなってきたが、末美や恭子、晋一の前では、「痛い」とも「苦しい」とも、ひとこともこぼしていない。休職する前日の五日には子供部屋にするため、自宅の書斎を片付け、蔵書を整理した。

《十二月の出産をひかえて部屋の中を整理しておかないと、狭いスペースで親子五人は暮らせない》（日記より）

親子五人。いまの四人と、生まれてくる子と。医者として自分の病状が客観的にわかっていながら、安医師は生きるつもりだった。七日には夫婦で晋一の幼稚園の運動会に行く。安医師はもちろん出産が近づいた末美も父兄参加の競技には出られず、父兄席から、はつらつと動く息子の姿を見守った。晋一は跳び箱を跳ぶことができなかった。「運動神経は持って生まれたものだからなあ」と安医師は末美に苦笑した。

休職後は自宅で本を読んだり音楽を聞いたり、ビデオを見てすごすことが多くなった。このころ読んだ本は次のようなものだ。『がん』『遠赤外線と医療革命』『空飛ぶ馬』『二重人格』『プリズンホテル冬』……。安医師はすさまじい読書家であり、いっときは大阪の実家に数万冊の本をためていたこともある。神戸の自宅もいつのまにか本であふれていた。子供部屋を作ることになって、日々、小分けして本を処分した。そして、思い出深い本は親しい人に贈るようになった。形見のつもりだったのだろうか。

十月八日の日記にはこう書いている。

《今の自分は死と生の両方を見、両方を感じ、両方を受け入れようとしている。生きる希望や意志を持っている一方で、死もさけられないものとして受け入れつつある。どちらかが、どちらかを抑えつけるのではなく、両方が心の中にある》

それでも生きるつもりだった。生きたかった。子供たちが学校や幼稚園に出た午前中、本を読む夫のそばで、これまでとおなじように末美はせんたくものをたたみ、料理を作った。「お金に困っていざとなったら、わたしの実家に行こうよ」。そういって経済的な先行きを心配する夫を励ました。安医師は困窮生活をものともせず執筆を続けるノンフィクション作家、松下竜一の『ありふれた老い』をわがことのように読み、「いい本だよ」と末美に勧めた。

「ぼくたちだって、やったらやれるよ」

ときおりしんどそうにする夫の表情を見ていると末美の心のなかにも暗い影がさした。けれどもつとめて自然な笑顔でいた。ありふれてはいるが黄金色のようなこの時間を、できるだけ家族のなかに引きとどめようとするかのように。

あるとき、安医師はふっといった。「自分がほんとうになにをしたいのか、いま考えている」。そして言葉を継いだ。

「したいことはなにもない。ふつうの暮らしがしたい」

＊

勤務先に休職願を出したあとも患者の引継ぎや業務の整理が残っており、十月十三日と二十日、西市民病院に出た。十三日には同僚の大山朗宏と仕事の引継ぎをした。

安医師を慕って全国から患者が集まり、一度でも安医師に診てもらうと「安先生じゃないと診てもらった気がしない、安先生じゃないとだめだ」という患者があとを断たないことを、大山は安医師と春からともに働いた短い期間で何回も経験していた。「先生はどんな気持ちで患者さんを診るんですか」とそのとき大山は聞いた。

「ぼくは患者さんが診察室に入ってくると、もう一人の自分が困って自分に相談に来たように見てしまうんです」。安医師はそうさらりといった。「患者さんがなにを自分に求めてやってきたか、すぐわかるんです」。大山は驚いた。

この日のことを安医師は日記にこう書いている。

《大山先生と話していて気づいたことだが、いつの間にか患者を依存させるようなやり方に自分はなってきたと思う。震災とＤＩＤ〔解離性同一性障害〕の体験が原因と思う。患者を客観的に観察すると同時に、患者の主観に入りこんでいるような感覚がある》

安医師の死後、中井久夫とこの日記を見ながらぼくは「安さんはやさしすぎたのではないか」と聞いた。「うーん」と中井は日記の文面に見入りながら、言葉を探した。

「そうかもしれない。やさしさというのは、相手にあわせることなんです。感情移入というか、共生というかなあ。やさしいということはいいことばっかりじゃない。あわせるということは……自分を壊すことですから」

安医師はやさしかった。だからこそ「心の傷」に人一倍敏感だった。阪神大震災後の一年間、新聞で続いた「被災地のカルテ」の編集者として安医師としばしば崩れた街を歩きながら、ぼくたちはいつしか、涙ぐむことを恐れなくなっていた。それは崩れたビルの影であったり、まばゆい光が街を覆いはじめたときであったりした。

「泣いてもいいんです。亡くなった人にぼくたちができることは、泣くことくらいですから」

そう安医師はいった。

精神科にはさまざまな心の傷つきを抱えた人が訪れる。その傷つきに感情移入しすぎることは危ういことでもあることを、プロフェッショナルな精神科医としてよく知っていた。安医師も、はた目には冷静な、淡々とした診察を続けていた。神戸大学時代に一度、指導していた女性の研修医が患者のつらい話に心を動かされて泣いてしまったことがあった。安医師は「われわれはいくら患者に共感しても、患者の家族にはなれないんだ。泣かずに、冷静に話を聞かないといけない」とその研修医をきつく叱ったという。

ところが実際は、安医師ほど涙もろい人はなかった。神戸大学の医局の先輩である精神科医の見野耕一（四二歳）は安医師が助手になったばかりの平成五（一九九三）年ごろ、「患者さんのつらい話を聞いていると、涙が出てきてしかたないんです」と安医師が話していたのを覚えている。その話を聞いて見野は「すごいな」と思ったという。見野はいう。

「プロの医師として泣いてはいけないとわかっていても、泣いてしまう。それがすごいと思うんです。してはいけないことだとわかっていても、それだけ心を割って話して、深くかかわっていく。患者への感情をコントロールできなくなるほど、彼のどこかの部分が患者さんと深く触れるところがあるのかな、と思っていました。患者さんと彼のある部分に共通項があって、触れるのかな、と」

診察の場を離れたところでもそうだった。安医師が震災後にオブザーバーとして参加していた肉親を亡くした人の集まり「さゆり会」を主催する「兵庫・生と死を考える会」会長の高木慶子（六四歳）も、そんな安医師の姿を知る一人である。涙にくれてわが子を亡くした悲しみを語る参加者の話を安医師はうなだれるようにして聞き入った。

「あの方はね、たびたび、話を聞きながらうっすらと涙を浮かべられるんです。うっすら涙をためられる姿というのは……いとおしいくらいに少年っぽいんです」

しょっちゅう涙ぐむ安医師の姿を見て、高木は、「この方、いくつなんだろう」としばしば感じたという。大人社会では泣くことは「女々しい」ことだが、安医師はその社会の貧しさを知っていた。

十月下旬になると、日記には《ガスでお腹が腫れて苦しかった》といった記述がしばしば出てくるようになる。安医師はガスだと思っていたが、じつはそれは腹水だったことがまもなくわかる。安医師の肉体は死に向おうとしていた。

それでも安医師は生きる意志を捨てていなかった。二十六、二十七日には五年に一度の指定医講習会を受けるため東京に向う。末美は衰えが目立ちはじめた夫の体を気遣って行くのをやめるよう何度も頼んだ。「五年に一度だから。一度行けば五年、行かなくていいんだから」。安医師はそういって新幹線に乗り込んだ。のちにその話を聞いて中井久夫は、「安君は生きる気なんだな」と思ったという。

皮肉なことに、講習会での症例検討では胃癌男性の症例が出た。安医師は二十七日の日記にこう書いている。

《五十歳の男性の冷たい死に顔を想像した。死がとてもリアルに、身近に感じられた。同時に、おれは生きていると強く思った》

夜遅く安医師は神戸の自宅に戻った。そのころすでに安医師は腹痛があると、コンニャクを温めて湿布する療法に頼っており、自宅にたどりつくなり末美に「コンニャク湿布をしてほしい」と頼んだ。臨月が近くなった妻に、夜中にそんなことを頼むことはいままでなかった。末美はただならぬ感じを受けた。「だいぶ痛いんだな、がまんしているんだな……」。そう思ったが口には出せず、夫に湿布をした。胸を騒がせながら、ただそわそわと夫の横でせんたくものにアイロンを当てた。

＊

《十月二十九日　このところ腹が張って苦しい。どこかに通過障害があるのか、ガスばかりたまる。かなり緊満するので食後などは動けない》

《十月三十日　腹部膨満に悩む。苦しくて夜、目をさます》

安医師がガスだと思っていたのは、じつは腹水だった。外出が減り、家でもぐったりとしていることが多くなった。あれほど好きだった本も、読むことが少なくなってきた。

三十日には西市民病院を受診のため訪ねた。それまで三回目の抗癌剤治療をどうするかと主治医の山本健二に相談されると、安医師は白血球の値が減っていることを理由にずっと伸ばしてきていた。この日、「積極的に化学治療には取り組めない。あとは保存的にすごしていきたい」と山本に告げた。積極的な治療はもう行わない、ということである。

そう話すときも安医師は、穏やかな笑みを湛えた表情を崩さなかったという。妻の末美の前だけでなく山本の前ですら、安医師は、「痛い」とも「苦しい」とも、病人のくりごとめいたことをいわなかった。「助けてくれ」とも。それは同僚でもある自分への安医師の思いやりだったのだろうと、のちに山本は思った。

「癌のしんどさというのは、どうにもしようがないことが多いんです。しんどいと主治医にいっても主治医が困るだけだということをわかっていたんでしょう。正直いって、ぼく自身助かりました」

末美の心も暗く揺れた。出産が近づき、産院での検診も月に二回になっていた。坂道を歩くのもしんどく、思うにまかせない自分の体がつらかった。あるとき末美は夫にいった。

「おなかが大きくて思うように動けなくて、ごめんね」

夫は強くいさめるように答えた。

「そんなことといったらだめだ。赤ちゃんが聞いている」

夏から安医師は赤ちゃんの性別を早く知りたがっていたが、超音波の画像になかなかはっきりと映らなかった。女の子だとわかったのは十月になってからだった。産院から家に帰ると、夫はぐったりとしていた。「湿布をして」としんどそうにいう夫の表情に、末美は赤ちゃんの性別を告げるのを忘れてしまった。夜になって安医師が「どうだった?」と聞いてきて思いだし、「女の子だったよ」と告げた。

その日から安医師は漢字辞典を手にし、赤ちゃんの名前を考えることが多くなった。名づけたわが子は、たとえ自分が世を去ってもずっと、家族とともに日々の人生を生きていくことになるだろう。

《忘れてはならないのは、外傷体験が消えるわけではないということである。何年たってもその時の記憶を思い起こせば、そこに悲しみがあるだろう。治療は悲しみを消し去ることではなく、そのような悲しみを抱えてなお、その人が肯定的な人生を生きていけるように援助をすることである》

（安医師が残したレジュメ「小児期のトラウマと解離」より）

赤ちゃんは末美のおなかのなかで元気に動くようになっていた。

「あ、いま動いた」

夜、休んでいるとき赤ちゃんが動くと末美はそういい、安医師は末美のおなかに手を当てた。でも安医師が手を当てると赤ちゃんはじっとしてしまうのだった。しばらく手を当てていて、「だめだね」と安医師はがっかりとした。

十一月一日、水曜日。大粒の雨が朝から神戸の街を濡らしていた。安医師と末美は映画を見に行くことにした。『ミュージック・オブ・ハート』。夫に出ていかれた女性が二人の子供を育てながら、アメリカのスラム街で周囲の無理解に打ち勝って地域の子供たちにバイオリンを教える教師の役柄を、メリル・ストリープが演じている。安医師は元気なころ、海外出張の飛行機内でそのビデオを見てストーリーを知っていた。

末美は「きょうじゃなくてもいい」と夫の体を気遣ったが、安医師は「行こう」と、自分で車を運転して末美を連れていった。元気なころ、いつもそうしていたように。

並んで二人は映画館の座席に座った。末美は主人公の女性に共感し「メリル・ストリープ、迫力があるね」といった。その日の日記に安医師はこう書いている。《逆境の中自立するメリル・ストリープの役に、末美も少し励まされたようだ。収入がなくなったら働かなくてはいけないから》

映画館のなかで末美のおなかの赤ちゃんがまた動いた。隣に座った安医師は末美のおなかにじっと手を当てた。はっきり、赤ちゃんが動くのがわかった。

「あ、動いた、動いた」

うれしそうに安医師は声をあげた。

＊

十一月三日、文化の日。

自宅に注文していた二段ベッドが届いた。本箱を片づけてきれいになった安医師の書斎に入れて、恭子と晋一の子供部屋にすることになっていた。安医師は休み休み残っている本を片づけ、ごみ出しをした。

子供たちは届いたベッドに大喜びした。朝からずっとベッドの上ですごした。「きょうからここで寝たい」といって聞かなかった。

「こんなに喜んでいるから、ベッドで寝かせてあげようよ」

安医師は子供たちのはしゃぎぶりに笑顔を見せた。ほんとうはベッドにあわせたふとんがまだ届いておらず、窓に子供部屋らしいカーテンもついていなかった。でもいつものふとんをとりあえずベッドに敷いた。そして安医師は古新聞を持ち出してきて、窓にセロハンテープで止めて即席のカーテンにした。

「ほら、カーテンができたよ」

安医師は元気なころから、早く帰宅すると子供たちが寝る前の本読みを欠かさなかった。恭子が大きくなると、朝鮮半島の民話を三十話ほどまとめた岩波少年文庫『ネギをうえた人』(金素雲編)が子供たちの寝物語になった。十分か十五分、静かに民話を読み聞かせる父親の静かな声に子供たちは耳をこらして聞き入るのだった。癌がわかってからも毎晩の朗読は続いた。子供部屋ができてからも安医師はやっぱり恭子と晋一が寝る前、枕元で椅子に座り、静かな声で物語を読み聞かせるのだった。

しかしそのころ、安医師の衰弱はさらに進み、腹水も目立つようになってくる。相変わらず安医師はくりごとをいわなかった。苦しいときはただ末美に湿布を頼み、じっとしていた。

四日には中学時代からの親友の名越康文が、神戸で開かれたカルメン・マキのコンサートに安医師を誘った。初夏、病気を知らされた名越は何度か安医師を見舞い、そのたびに親友が衰えていくのがくやしくてたまらなかった。でもどうにもならなかった。中学、高校と二人でスティービー・ワンダーに熱を上げ、大学時代は二人でジャズのレッスンを受けていたこともある。むかしとおなじように親友とすごしたかった。

待ち合わせた会場で安医師に会うなり、名越はぎくりとした。体がやせ衰えているのに加え、ぼっとした表情だった。入り口に続く薄暗い階段を、名越は友のひじをそっと支えるようにして上った。コンサートには知り合いの宗教学者が来ていた。「どんな感じですか」と聞く宗教学者に安医師は答えた。

「まあ、人間、いったんあきらめても、なんべんも悪あがきするんですね。生身の人間だからあがきますよね」

大音量のロックコンサートにもかかわらず、安医師はときおり意識が遠のくようで、座ったままふらふらしていた。ただしきりと、寒くてたまらないというように手や肩を自分でなんどもさすった。ずっとふらふらの安医師を見て、名越は肝性昏睡（肝臓が分解できない毒素が体にまわって意識が低下すること）が始まっているのかなと思った。《ライブ中に眠ってしまったようす。早々に帰宅する》（日記より）

そのころ中井久夫の紹介で中国から来た漢方医の診療も受けている。場所は安医師の自宅から三百メートルほどのところにある、こころのケアセンターだった。センターは大震災が起こった年の六月に開所したが、安医師はセンターの計画やスタッフの人選に中井とともにかかわっていた。活動の実質的なとりまとめ役だった精神科医の加藤寛（四二歳）とも親しかった。安医師自身はセンターの活動に直接かかわることはなかったけれども、よく顔を出してよもやま話をしていた。

夕方近くに現れた安医師の、生気のない土色の顔に加藤も言葉を失った。髪の毛は真っ白になっていた。「ガスがたまって仕方がないんです」と安医師は話したが、声はか細く、息も絶え絶えという感じだった。

二時間ほどの治療を終えて廊下に出た安医師の後ろ姿を加藤は見送った。ふらふらの足取りだった。「送らせてくれ」と思わず声をかけて安医師の肘を支えた。外に出ると冬の日はもう落ちて真っ暗だった。高いビルのあいだを縫うようにときおり強い風が吹き付けてきて、安医師はその風にもふらつくのだった。加藤はずっと肘を持ったままで歩いた。安医師と加藤は大震災直後しばらくのあいだ、神戸市兵庫区の湊川中学の避難所に入り、試行錯誤しながら被災者のケアのノウハウを体得していったあいだがらでもあった。その安医師のいまはよろめくような足取りに、加藤はいたたまれない気持ちになりながら夜道を歩いた。三百メートルがとても長く感じられた。

「もう、もとの状態には戻れないと思います……臨床の仕事にはたぶん戻れないと思います」

歩道のわずかなでっぱりにも足を取られながら、安医師はそう語った。家の前まで来ると、「散らかってますけどよかったら上がっていきませんか」と加藤を誘った。加藤が入ると末美と子供たちは夕食の最中だった。安医師もテーブルに着き、おかずを嫌がる晋一と、「ちゃんと食べなさい」という母親のやりとりを聞いていた。ぐったりしながらも家族の何気ない会話を聞く安医師の表情に、にこにことした笑みが浮かんでいるようにも加藤には映ったという。加藤はお茶だけをごちそうになり早々に辞した。

足もとがふらつくようになっても、夜ごとの子供たちへの朗読は続いた。パジャマに着替えた子供のあとについておぼつかない足取りで子供部屋に入り椅子に座ると、『ネギをうえた人』を手に取った。静かで落ち着いた、やさしい声が台所で洗い物をする末美の耳にも聞こえてくるのだった。

三十三編ある短い物語のなかで子供たちのいちばんのお気に入りは表題作「ネギをうえた人」だった。人間が人間を食べあっていた古い時代、あさましい世の中に嫌気がさして、ある人がちゃんとした国を探そうと旅に出る。何年もかかってみんなが仲むつまじく暮らしている国に行き着き、ほかの国では知られていない、ネギという植物を食べるとよいと教えられ、種を持って帰って自分の国に植える。でも芽が生える前にその人はやっぱり食べられてしまう。子供たちはよくその物語を父親にねだった。

「それから、しばらくたってからのことです。

畑のすみに、いままで見たことのない、青い草が生えました。ためしに、ちょっとばかりたべてみたら、よいにおいがしました。

それがネギだということは、だれも知りません。知らないながらも、みんなは、その青い草をたべました。すると、たべた人だけは、人間がちゃんと人間に見えました。

〔略〕その人の真心は、いつまでも生きていて、大ぜいの人をしあわせにしました」

　そんな父親の静かな声に、子供たちは目を輝かせながら聞き入った。


　ある日はぐったりとし、ある日は少し元気を取り戻すといったぐあいで、しかし安医師の肉体は確実に衰えていった。家でも末美に湿布をしてもらってじっとふせっていることが多くなった。腹水がたまったおなかも少しずつ目立ちはじめた。十一月七日には大阪の鍼灸院で腹水を病院で診てもらうようといわれ、ショックを受ける。自宅に戻るなり沈んだ表情で末美にいった。

「腹水だといわれた……」

「どうにもできないけど、病院の先生に診てもらったほうがいいといわれた」

　西市民病院の山本健二に電話をし、利尿剤をもらうことにして末美に湿布をしてもらい、ぐったりと横になった。湿布は体を温めるためのものである。そのころ、末美が夫の手足を触ると、氷のように冷たくなっていた。

　翌八日、病院に行き利尿剤をもらう。このときも、「おなかが張ってしんどいんです」と山本にいったものの、安医師はやはり静かに笑みを湛えるような表情だったという。病院から戻るなり、また安医師は末美にしょうが湿布をしてもらってふせった。

　一日一日と目の前で衰弱していく夫を見て、末美はただ怖かった。すでに臨月に入っていた。夫と一家を待つ運命がふっと念頭をかすめることもあった。けれどもそれを考えることが不幸を逆に呼びこんでしまう気がした。夫が六月、自分に癌を告げたとき語りあったように、自分に言い聞かせた。
「だいじょぶ、だいじょぶ」と。

＊

利尿剤を飲みながら安医師は自宅で生活を続けた。在宅で介護を受けるというより、積極的になお生きつづけようとしているようだった。回数は減ったものの、ふらふらの足取りで外出もした。

ある平日の昼下がり、自宅から坂道を三百メートルほども下ったところにあるジャズ喫茶「Ｒｏｔａ（ロタ）」を訪れた。女主人の村田麗子（五一歳）とは学生時代からのつきあいだった。安医師は村田を年長の姉のように慕い、マンションを何度か替わるときも村田の近くに住みつづけた。大震災のときは大学病院に泊り込む安医師に代わって、村田が末美と、まだ幼児だった恭子のために水や生活の品を探して差し入れた。ジャズピアノが達者な安医師はときどきロタにキーボードを持ち込み、知り合いのベーシストらと演奏を楽しむこともあった。安医師が心を許していた一人であり、みずからが癌であることも五月の末に村田に告げていた。

ふらつく足取りでその日店に来た安医師は、ドリス・デイなどのＣＤを三十枚ほども手提げ袋に携えていて、村田に贈った。

「絶対にぼくは死にません」

喫茶店の布張りの椅子に座った安医師は、舌がもつれそうなゆっくりとした口ぶりで、村田を見ていうのだった。二人は二時間ほどもとりとめもない話をした。あの人はどうしているんだろう、彼に会いたいな……そんな他愛もない、でも学生時代から変わらない自然な会話だった。安医師はときどき意識がふっと遠のいた。利尿剤を飲んでいるため何度もよろよろと手洗いに立った。「この病気が治ったら、ものを書いて生きていきたい。それだけじゃ食べていけないから、あのクリニックで週に二日か三日だけ雇ってもらえたらいいな……」。そんなふうにとぎれとぎれにいって、近くで働く知り合いの医師の名を挙げた。

そんな話に耳を傾けながら村田は、逆に安医師自身が、自分にもうあまり日が残されていないことをわかっているようにも聞こえたという。さりげなく家のローンや家族の生活のことを聞くと、安医師は何度も繰り返すのだった。

「ぼくは絶対に死にません。絶対に死にません」

自分を支えきれないほどの不安や恐怖があるんだろう。ほんとうはこわがりな人だもの。でも自分が弱音を吐いたらまわりの人が悲しむことがわかっていて、そのほうがもっとつらいんだろう。懸命に自分を支えようとしているんだな……。村田には安医師の姿がそんなふうに映った。

十一月十一日、アメリカから一時帰国した安俊弘は、母の朴分南とともに神戸の弟のもとを訪ねた。昼前に着くと、安医師は散髪に出たとのことだった。

しばらくして帰宅し、玄関から廊下に入ってきた弟を見て、俊弘は息をのんだ。八月に会ったときにくらべて弟は激しくやせ衰えていた。腹水がたまったおなかはぱんぱんにふくれあがっていた。まっすぐ歩けず、廊下の壁やドアに体をなんども当てた。表情はうつろで、目は泳ぐように宙をさまよっていた。兄と母が来ているのにも気づかないふうだった。

俊弘は一瞬、思わず弟の顔を凝視した。兄弟は三年前、父親をやはり癌で亡くしている。俊弘が見た弟の表情は、亡くなる直前の父親の感じにあまりにもそっくりだった。

それでも食卓に座って、安医師は食事をしながら俊弘らと話をした。「食べられるじゃないか」と俊弘は聞いた。返事が返ってくるのに少し間がある気がした。安医師は「おなかが張ってしんどいけど、食欲はあるんだ」と答えたが、しゃべること自体がしんどそうで、口をしめらせて、ゆっくりゆっくりと話した。末美の表情にかげりがあって、伏し目がちになっているのに俊弘は気づいた。

食事が終わると安医師はすぐリビングに横になった。兄は弟の体をそっとマッサージした。そんなふうに弟の体を触るのは久しくなかったことだ。土曜日で家にいた恭子と晋一がときどき部屋に入ってきた。静かにしていようと思うのだけれど、晋一はそのときちょっぴり、だだをこねてしまった。「いいかげんにしなさい」。安医師はそのとき、しゃきっといずまいをただして息子を叱った。父親の顔だった。

安医師がふらふらの状態で散髪に行ったのは理由があった。十二日の日曜日、神戸の生田神社に、晋一の七五三のお参りに行くと決めていたのだった。「しんどかったらやめよう」。末美はなんどもいった。でも夫は「どうしても行く」と聞かなかった。

秋晴れの日曜日。安医師はネクタイを締め背広を着た。おなかの大きい末美はマタニティのドレス。

恭子は黒いワンピース。そして晋一は紺のダブルの背広を着た。一家はタクシーで生田神社に向った。神社は七五三のお参りに来た家族連れでにぎわっていた。神妙な顔つきで祈とうをあげてもらう晋一を、安医師も末美もじっと見守った。

そのとき夫婦でお互いにカメラを持ち替えて撮った写真が残っている。安医師の頭髪は三十九歳とは思えないほど白くなり、やせてほおやあごが角張って見える。でもそれにもかかわらず、両脇の恭子と晋一を包み込むようにそっと二人の肩に手を当てている。目は穏やかで、深いいつくしみの色に染まっているかのようだ。

安医師は阪神大震災で親を失った子供たちの精神保健に思いをはせ、多重人格の治療を通じて幼児・児童虐待による心的外傷と格闘してきた。みずからの死を控え、安医師は最後まで夫として、父親として、家族とともにいることを選んだ。ささやかだけれど大きな、いたわりといつくしみ。それが安医師の願う「傷つきにやさしい社会」の出発点であり到達点でもあったのだろうか。

しかしこのころになると安医師の日記にも、意識の混乱が見られるようになる。日記では兄と母が来たのも十二日の七五三のあとである。それを書きとめる筆づかいも、幼児のように乱れはじめている。

十三日には西市民病院で受診。待合室で座って待っている安医師の姿を見て主治医の山本健二も「えっ」と驚いた。背もたれにぐったりともたれ、見るからにしんどそうだった。顔は土色だった。「疲れたらいつでも入院を」と山本は勧めた。安医師は「そうなったらお願いしますが、いまはまだだいじょうぶです」と答えた。出産が近づいた末美とともにすごすつもりだった。山本の前で安医師はやはり軽く笑みを湛えていた。

十五日付で恩師の中井久夫にあてたはがきには、初めて弱音らしきひとことが書かれている。

《この一、二週間は腹水のためお腹が苦しく寝ていました。利尿剤を処方され幾分ましになりましたが、倦怠感はひどくなっています。〔略〕正直なところたった半年の闘病ですが、ずいぶんくたびれました》

あるとき、安医師はリビングの籐の椅子に座って足を湯につけ、温めていた。

末美が気づくと、閉じられた目から静かに涙が流れていた。声をたてるでもなく、涙は幾筋もほおを伝った。

＊

日ごと夫は衰弱し、入浴もままならなくなってきた。「疲れる」、と。

末美はリビングでそんな夫の体をそっとふいていた。恭子と晋一は学校と幼稚園に行っていて家のなかはしんとしていた。夫はなにも語らなかった。妻の手のぬくもりを体に感じながら、安医師は座ったまま、やはり静かに涙を流していた。

そんな秋のある日。安医師と末美は夫婦の時間をすごしていた。窓の外で木の葉が色を深めていた。

安医師は赤ちゃんの性別がわかってからことあるごとに漢字辞典をぱらぱらとめくり、画数を気にしながら名前を考えていた。体調が悪くなっても変わらなかった。その日も、末美は夫がいろいろう名前をテーブルに座って紙に書きとめた。「それで、どうかな」。夫がそういった末美の手の先に名前が書きとめられていた。

「秋実」。窓の外の自然が生命の恵みをたわわに結ばせ、そして妻のなかでもまた育ってきた新しい生命をその名に託すように。「もう少し考えてみるよ」と安医師はいった。腹水がたまり話をするのもつらそうになっても、安医師は娘の名前を考えつづけた。

十一月十日の日記にはこう書かれている。《末美はパルモア病院へ。赤ちゃんは順調だが、毎日の部屋の片づけが並ではない。大丈夫か》。家でふせることが多くなった安医師は、臨月になった身重の妻を「手伝ってあげられなくてごめんね」といつもいたわった。末美もつらかった。十一月になって夫の衰弱が目立つようになると、打ち消そう打ち消そうとしても、「よもや」という考えが頭をよぎるようになった。

夫に隠れて一人で泣くことが多くなった。それに臨月で体が思うように動かない。買い物に出ても坂道を少し登るとおなかが張った。夫の前では懸命に笑顔を見せながら、不安に押しつぶされそうな思いで毎日をすごした。

生田神社に七五三のお参りにでかけた十二日には午後から末美の妹夫婦がベビーベッドを持ってきて、リビングの一角に組み立ててくれた。生まれてくる命の予感が、静かに一家を照らした。

「赤ちゃんが生まれたらパパの病気が治りそうな気がする」

あるとき、恭子はそういった。ぐったりと横になっていた安医師はほほえんだ。

「うん、赤ちゃんのパワーをもらうよ」

懸命の思いで末美もいった。

「赤ちゃんと並んでいっしょに寝たら、きっと元気になれるよ」


十一月も下旬の、ある日曜日。

末美は近くのベビー用品の専門店に第三子を身ごもって初めて、赤ちゃんの服を買いに行った。陳列された愛らしいアップリケのついた洋服、小さい靴。店に来る人たちもみんな幸せそうだった。じつをいうとそれまで、赤ちゃんのことをあまり考える心の余裕がなかった。店の空気を胸に吸いながら末美は初めて、「生まれてくるんだな」という幸せな感情に包まれた。

帰って夫にすぐその気持ちを伝えた。「いままで赤ちゃんのことをあまり考えてなかったけど、きょうは服を買いに行ってうれしかった」。ぐったりとした夫からはそのころ、表情らしい表情も失せることが多くなっていた。でも末美の話をじっと聞いて、安医師はいった。

「それでいいんだよ」


《ぼくは、トラウマを受けた人が、そこから何かを得て再生していく姿はとても感動的だと思います。たとえば子供さんを亡くされた人が、それ以後道端の花の美しさがわかるようになったといっていいましたが、その感性が代償だったと思うのです。あまりにも大きな喪失のなかに、自分

を支える何かを見出していくのです》
（雑誌『ワークス』平成九年＝一九九七＝一・二月号で記者のインタビューに答えての安医師の発言）

＊

安医師の日記は十一月十六日が最後である。腹水でおなかはふくれあがり、意識の混乱もときおり見られるようになっていた。温灸に通ったり、ハリ治療を受けたりするようにもなった。十六日の夜には西市民病院精神神経科の同僚、大山朗宏と看護婦が神戸市須磨区まで車で安医師を温灸に連れていった。《おせわになりっぱなし》。乱れた字でそう書きつけられて日記は終わる。

医師として自分で自分の状態はわかっていた。客観的にそれがわかると同時に、安医師は生きることへの意欲と望みを捨てなかった。大山はその後も三回、安医師を須磨まで温灸治療に連れて行っている。足取りはふらふらしていることが多かったが、「安定剤を飲んでラリっているんだ」と安医師は笑った。車がかつて大山と食事をした店の前にさしかかると、「ああ、ここで先生とごはんを食べたね。あれが最後だったね」としんみりした。かと思うと、「大山先生、お歳暮はなにがいい？」と唐突に聞いた。あるとき、「死を受け入れるとか、そんなことをいう人がいるけど、ぼくはそんな聖人君子みたいな気持ちにはなれない」といった。

「『もうだめだな』という気持ちと、『いや、まだまだ』という気持ちが繰り返していたんじゃないか。最後まであきらめなかった。それは自分の患者さんに対しての安先生の姿勢でもあったんです」。大山はそう振り返る。

あるとき、リビングのカウンターに置かれた薬に手を伸ばし、飲みながら安医師は末美にいった。

「ぼくは生きるためにがんばっているんだ」と。

「もう死んでいいと思うなら、こんなにがんばらない」

そのころ神戸を見舞った研修医時代からの研究仲間の岩井圭司には、「休職が長引くと給料が入らなくなるかなあ」と話した。リビングのテーブルに着いた安医師は、やせて鼻梁が尖りおなかもぱんぱんになっていたけれど、目には光があり声にも張りがあるように岩井は感じた。安医師がその段階でなお「休職」といい、生活の心配をしていることが、岩井には強く印象に残った。余力が尽きそうになってなお最後まで毅然と、凛としていようとしているように、岩井には映った。

比較的状態がいい日もあった。十七日、精神科医の宮地尚子が自宅に見舞ったときは口ぶりもしっかりしていた。リビングのテーブルで宮地らはなにげない会話をした。韓国で男女が結婚するときに贈られる鳥の置物の話になり、メスの口をひもで結ぶという風習を安医師は紹介した。末美のほうを見て安医師は「でも女の人だって黙ってられないよね」と笑った。末美の表情も平穏で、ごくありふれた家庭の日常のようすだった。

帰りぎわ、安医師は宮地らと共同で進めていた多重人格に関する『インサイド・アウト』（邦題『多重人格者の心の内側の世界』）というタイトルの翻訳書の話をさらりと持ち出した。

「あれ、まだ終わってないいんですけど、お願いします」

中井久夫たちと進めていたもうひとつの翻訳書『多重人格性障害』も十一月に完成して出版されていた。「ひとつは専門者側、もうひとつは当事者側からのもので、ふたつでセットになっていいかなと思うんです」と安医師はいって、まだ原稿に手を入れる必要がある個所などを指示した。宮地は引き受けた。安医師は淡々と、来るべきものへの準備を進めていたかのようでもある。

その日は「ロタ」の村田麗子が、癌にいいかもしれないと教えられた温泉の水を鳥取県まで汲みに行って、安医師の自宅を訪ねた。安医師は玄関先まで出てきて「ありがとう」といった。染み入るような笑顔だった。

＊

色づいた木の葉のなかで、土曜日、恭子の小学校で音楽の発表会があった。恭子はハンドベルの奏者に選ばれ、はりきっていた。自宅で休んでいる安医師の体調を案じながら、末美は親が見にきてくれることを楽しみにしている恭子の気持ちも思い、晋一を連れて小学校に出かけた。

体育館で演奏が始まってしばらくして、入り口近くで立って聞いていた末美は「あっ」と息をのんだ。安医師がふらつく足取りでやってきたのだった。

日ごろから安医師は子供の行事をとても大切にしていた。四月に学校や幼稚園から運動会や発表会などの年間行事のスケジュール表をもらうとすぐ自分の手帳に書きこみ、その日は仕事を入れないようにして必ず出るようにしていた。その日も安医師は娘の発表会を見ようと、末美たちに遅れて、学校まで十数分の道のりを一人で歩いてやってきたのだ。「録音しようよ」と、小型のテープレコーダーも携えていた。

末美はあいた椅子を探し夫を座らせた。夫は椅子に座って、ずっとうつらうつらと眠っているように見えた。だが子供たちが一生懸命演奏している姿とその音楽は安医師にも伝わったようだった。

帰り道、安医師の足取りにあわせながら親子はゆっくりゆっくりと歩いた。「いい演奏だったなあ」とぽつりと話す夫の声が、末美の記憶にいまも残る。どこまでも安医師は夫として、父親として、家族のもとにたたずもうとした。

十九日に弟の安成洋が見舞ったときは、話すのも絶え絶えだった。安医師は自宅の和室でハリ治療を受けていた。裁縫針の何倍もあるような太いハリが腹水のたまったおなかに刺さり、はずされると、水滴がハリの先にいくつもついていた。成洋は三年前に癌で死んだ父を大阪の自宅にいて看病し、看取っている。ハリの先についた小さい水滴が大きく重く心にのしかかるようで、「ああ、とうとう腹水が出たか」と思った。腹水が出たら最期が近いということは父の看病の経験からわかっていた。おなじようにおなかがふくらんだ兄を見て、涙がこみあげてきそうになるのを懸命にこらえた。

蔵書を整理していた安医師は親しい人に本を贈っていたが、このとき成洋には梁石日の『血と骨』を渡している。在日一世の父親との骨肉の葛藤を描いたこの小説を、安医師は十一月の半ばに読んでいる。じつは安兄弟の父親も、在日の金融業者として日本で大成功を収め、韓国にホテルや百貨店すら経営していた「勝ち組」の一人だった。父親はときに強圧的に息子たちに接し、安医師は父親におびえ、また衝突した。この生い立ちが安医師自身のトラウマにもなり、安医師を精神医学徒として「心の傷」に向わせていくことになるのである。それについては後述する。

「こんなまがまがしいものを読んで体の調子が悪くなった。持って帰ってくれ」。そういって安医師は成洋に『血と骨』を渡した。しかし目はどんよりとし、言葉にも力がなかった。

二十六日、親友の名越康文が神戸を見舞った。おなかは腹水でぱんぱんになっていた。安医師は服をめくっておなかを見せた。「ここに中国バリの太いのを刺す。痛いけどそのあと寝られる」。名越がのぞきこむと、ハリを刺したあとが赤くなっていた。名越は思わず手を出して触りそうになり、しかし触れずに手を引っ込めた。「死ぬんだな」とそのとき思った。

名越は親友の衰えた姿がくやしくてたまらなかった。怒りのやり場もなく名越は、中学、高校と二人がそうだったように、冗談めかした口調で軽口を叩いた。

「あんた、(仕事を)やりすぎたんや。だからこんなことになったんや。開業して俺といっしょにやろうといったやんか」

安医師は軽くほほえむようにして名越の姿を見ていた。夫に寄り添った末美も、むかしと変わらない友のやりとりがうれしかった。ひとしきりの「説教」が終わったあとの安医師の表情が、名越の脳裏に焼きついていまも離れない。安医師はにっこりと笑って名越の顔をじっと見つめた。実際には一分もないくらいだっただろうけれど、名越には二分にも三分にも感じられた。

子供が虹を仰ぎ見るような、あどけない笑顔だったという。

小さな手がかり　平成十二年、冬

十一月二十七日、安医師は西市民病院を受診した。大阪から出てきた母の朴分南が付き添った。主治医の山本健二の前に現れた安医師は顔の表情に生気がなく、じっとうなだれていた。まっすぐに前を見て話すことすらつらそうだった。おなかは腹水でぱんぱんにふくれあがっていた。「抜いたらだいぶ楽になりますよ」と山本が勧めると安医師は「外来で抜けるんですか」と尋ね、そのまま処置室に入って小一時間、約二リットルの腹水を抜いてもらった。

安医師のあまりの衰弱ぶりに、これまで安医師の治療の意向を尊重してきた山本も、さすがに「もうそろそろ入院されたらいかがでしょうか」と勧めた。プロローグに記した通り、このとき安医師は「家内の出産予定日がそろそろなので、もうしばらく家でがんばらせてください」と答えている。臨終まで五日。常識的な末期癌のケアで、この時期にも外来だけで治療を受け家に帰るということはまずないと山本はいう。だが山本は安医師の意向を尊重することにした。

腹水を抜いた安医師は、勤務部署であった精神神経科の診察室を訪ね、処置室のベッドに横になって休んだ。手足の冷えがひどいらしく、足には靴下の上から使い捨てカイロを貼っていた。「ちょっと頭痛がする」と大山朗宏に言葉少なに語った。処置室をのぞいた精神神経科の看護婦に、「ありがとう、世話になったね」と別れを告げた。「玄関まで車椅子に乗って」と勧める周囲の声を押し切って階段を降り、ふらついた足取りでタクシーに乗った。

その夜、神戸大学時代からの安医師の親友である田中究（きわむ）（四四歳）が自宅を訪れた。田中は安医師の研究パートナーでもあり、神戸大学医学部精神神経科の助手を務めていた。末美とも親しく、病気がわかってからことあるごとに安医師のもとを訪ねていた。

安医師は眠っていた。末美が応対に出た。

「ほんとにこのまま家にいてもだいじょうぶなのかな……」

夫の前でじっとこらえていた不安を、末美は抑えられなくなった。「足もふらつくし、おなかもふくれてきたんです。いつ入院したらいいのかわたしにはわからない。どうしたらいいのかな」。末美はそのとき初めて、人前で涙を見せた。

田中はでも、安医師の気持ちが痛いほどわかっていた。十一月になって安医師の状態が目に見えて悪くなってきてから、医者仲間でホスピスを勧めるよう話が出たことがあった。田中は頑としていった。

「あいつは、家族といっしょにいたいんや」

涙にくれる末美に、田中は「でも彼、入院をいやがっているんでしょ」と聞いた。末美はうなずいた。

家族とすごす。ささいでありふれているかもしれないけれどかけがえのない時間を、安医師は人生の最後に選んだのだった。阪神大震災の被災者の心の傷つき、多重人格の患者が抱える幼児・児童期の被虐待経験。ＰＴＳＤ。そうしたさまざまな心的外傷と格闘しながら、安医師は家族という小さなコミュニティから始まり、少し大きなコミュニティへ、さらにもっと大きなコミュニティへといたる、その人と人のつながりこそが心的外傷を癒すということを切実に感じていたのだった。

二十八日、安医師は横になって、前夜、田中が持ってきてくれていたＣＤを聞いていた。古謝美佐子の『天架(あま)ける橋』。安医師も田中も好きだった沖縄の音楽である。

一ぬ橋二橋
天(あま)架きる橋ゆ
先立(さち)ちゃる夫(うとぅ)ぬ
手取(てぃとぅ)てぃ渡す
天(てぃん)に舞い昇(ぬぶ)る
あたら母親(ふぁふぁあうや)ゆ
残る子孫(くゎんまが)に
光給(たぼ)ら

静かな悲しみとなぐさめに満ちた表題作「天架きる橋」の意味は、CDに添えられた訳詞によるとこうである。

一の橋二橋
天に架ける橋よ
先立った夫が
手を取って渡す

天に舞昇る
私の母親よ
残る子や孫に
光を下さい

夫が先立つ。そのもとへやがて妻が帰る。天に架かる橋を、夫は妻の手を引いて昇っていく……。「Bridges over heaven」という英語のタイトルがCDには添えられている。田中はそのCDを渡していいものかどうか悩みながらも、「あいつならきっと気に入るだろう」と考えていた。

その夜、田中は中井久夫とともに再び安医師のもとを見舞った。和室にふせったまま、安医師はほそぼそとした口調で、「きょうはずっとあのＣＤを聴いていた」と田中にいった。「のんびりしていていいなあ。沖縄に行きたいなあ」と。腹水を抜いた話もし、「すごく不吉だ」と語った。田中には、その表情がすでに死を覚悟しているように映った。

末美は夫が交わしていたもうひとつの言葉を記憶している。「ぼくにはまだ仕事が残っているから」。そう田中と中井に語っていた。

「ぼくはまだ、赤ちゃんに名前をつけないといけないから」

＊

十二月二日未明。

安医師が癌との最期の格闘を終えた西市民病院は、やがて白んできた空の黎明のなかで静かに建物の影を浮かび上がらせた。大震災で傷つき、そして「復興」したといわれる神戸の街なみとともに。

夜通し付き添っていた大山朗宏は安医師のなきがらが眠る病室を出て、そばの窓から街を見下ろした。眼下で街はいつも通りに動きはじめようとしていた。とても寒い朝だったと大山は記憶している。病室のドアごしに末美の号泣がもれてきて、止むことがなかった。

やがてうっすらと青空が広がった。街を抱くように波打つ山々の稜線もしだいにくっきりとなってきた。病室には明るい日が差した。病室で夜を明かした安成洋の記憶のなかで、ものいわぬ兄が横たわる病室は光にあふれている。

通夜と告別式の会場には、安医師が長年すごした神戸大学医学部にほど近い神戸仏教会館が選ばれた。容態の急変をアメリカで聞いた兄の安俊弘がかけつけた二日夜、弟の遺体はすでに斎場に横たわり、仮通夜が営まれていた。

末美の姿ははた目にも痛々しかった。

末美は夫の横にざぶとんを並べ、寄り添って横になった。そうして夫の髪や顔をなでた。ちょうど安医師が最後の入院を決めた十一月二十九日、二人でそうやってすごしたように。

末美の顔色は真っ青というよりも真っ白といったほうがいいほど血の気が失せていた。泣きはらした目が真っ赤で痛々しく浮かんでいた。「生きかえるんだったらいいまだよ……」。ぼんやりと、そんなことを末美は考えていたという。

《苦悩する人を前にして、治療者に何ができるのでしょうか。

その人は、過去の、そして最近のひどい体験について語っています。ほんとうの苦しみは言葉で言い表せないものですが、語られたことだけでも、十分すぎるつらい話です。そんな目にあって苦しくならない人がいるでしょうか。

私は治療者としてそこにいます。その苦しみをさっとぬぐい去ることができたらどんなにかいいでしょう。しかし、それはできないことなのです。せめて少しは慰めになる言葉をかけたいと思いながら、結局何も言えないこともあります》

（『FLOCK通信』創刊号への安医師のコラム「小さな手がかり」より）

末美が秋実を出産した直後ということもあり、喪主は俊弘が務めた。三日の通夜には安医師を慕う人たちが各地から集まり、斎場の入り口の外にまで長い列ができた。

ぼくはその夜、棺のなかの安医師と対面した。やせ衰えた顔はとても小さく見えた。口元からは白い八重歯がのぞいていた。ある人が「安らかにほほえんでいるようでしたね」と声をかけてくれたが、ぼくにはそうは思えなかった。

外は寒いのだけれど、会場は暖房が効いて暖かかった。恭子と晋一も末美といっしょに遺族席に座っていた。暖房の暖かさのせいか、やがて晋一は末美のひざの上で眠ってしまった。末美はすやすやと眠る晋一を胸に抱きしめ、泣きじゃくった。嗚咽する母親の肩の震えで、幼子の髪がさらさらと揺れた。

《そんなとき、私は、その人が「小さな手がかり」を見つけてほしいと祈るような気持ちでいます。

それは苦しみのなかで自分を支える小さな拠り所です。小さないい思い出です。なにかの洞察につながる小さな糸口です。あるいは、つかの間の安全です。それはほんとうにささやかなものであるかもしれません。しかし、小さくてもゼロではありません。小さな安全が存在するということに意義があるのです。

私にできるのは、その人が見つけた小さな手がかりをたいせつにすることです。それについて話をし、その価値に気づいてもらうことです。「治療」とはそういう小さな手がかりを育てていくことだと私は思っています。

〔略〕きっとその小さな気づきが小さな芽を出して、次の小さな何かを受けとめてくれるでしょう》　（同）

長い焼香が続き、喪主の俊弘があいさつに立った。弟の経歴、発病して死にいたるまでの経過を紹介したうえで、安医師が自分で治療の方針を決め、家族とすごしながらそれを貫いたこと、その弟をとても尊敬していること、そんなことを語った。そして少し声を震わせて、弟の最期を紹介した。

「弟は最期に「頼む」と語ったと聞きました。なにを頼まれたのか、わたしもずっと考えていきたい」

いまわのきわ、声にならない声でその言葉は確かに語られたのだった。この悲しみの地で、あらゆる地で。なにを担うことができるのか。沈黙した土地と大気のなかで、やはり言葉は黙ったままで待っている。「頼む」、と。

第Ⅱ部

小さい子

天からの子たち　平成十二〜十三（二〇〇〇〜二〇〇一）年、冬

安医師の死後十日ほどした午後、神戸の安家を訪ねた。

街はクリスマスのデコレーションと年末の活気にあふれている。大きなリースが店先に飾られ、木々は赤や緑の電飾を施されて夕闇を待っている。ゲームセンターの騒音、若者向けの洋服店からもれてくる激しいダンスミュージック、商店街に流れるクリスマスソング、そんな音が入り混じって通りでぐるぐると回っている。

喧騒から少し離れたマンションで、安家はひっそりと玄関の扉を閉ざしている。末美の姉の曽根真由美がずっと泊まりこみ、安医師の兄の俊弘も日本にとどまって足しげく通い一家を支えていた。和室に据えられた簡素な祭壇で、安医師はいま遺影になってほほえんでいた。

そこからも見ることができるだろう、隣りあうリビングの南のすみにベビーベッドが置かれ、生まれたばかりの赤ちゃんが寝ている。ベッドの頭の壁に「秋実　十二年十一月三十日」と楷書された半紙が貼られている。うっすらと悲しみを広げたような淡い色の青空が冬の雲のあいまにのぞき、レースのカーテンごしに、部屋を静かに染めている。

生まれてすぐ父親の手でぬくもりをもらったあと、秋実は二日の仮通夜から四日の葬儀のあいだ、産院に預けられていた。末美は母乳が止まってしまった。わが子に乳を与えるため、マッサージを受けなければならなかった。

ベビーベッドのなかの小さいふとんの盛り上がりは、ときおりかすかに動いた。そこに確かに新しい息づかいがあるということをふと感じさせるのだった。帰りぎわそっと触らせてもらった秋実のほおは、絹のようにやわらかだった。

安家を辞して三宮まで遠回りをしながら歩いた。山の手にある新幹線の新神戸駅から三宮にゆるやかに下る坂道の向うの大きな歩道橋に、「神戸21世紀復興記念事業　ひと・まち・みらいＫＯＢＥ２００１」と大きく書かれた横断幕がかかっていた。右折の信号待ちをしている車のウインカーが、うっすらと暗くなりかけた冬の街に赤や黄に点滅して数珠連なりになっていた。低いエンジン音の層が地を這い、年末の追い込み工事の、金属を激しく削る音がときおり耳を突いた。周囲に林立するビルに明かりが灯りはじめている。記念事業は、「復興」が成った神戸の感謝の気持ちを世界に伝えるためのさまざまなイベントを地震があった一月十七日から約半年間続けるのだそうである。神戸はいま、涙をも封殺しそうな人工の光に浮き立とうとしている。

日が落ち、昼と夜のあわいにさしかかった空を見上げた。夕闇にさしかかる一歩手前だからだろうか、それとも全体に雲がかすんでいるのだろうか。まろやかな、かすかな青色が天空に広がっている。

＊

葬儀のあと、末美は夢を見た。

なぜだか日本家屋の中庭で中井久夫がバイオリンを弾いているのを、末美は縁側で聞いていた。チェンバロみたいな音だった。すると家のなかから夫が、元気なころのいつもの顔でひょっこりと出てきた。

「生き返ってくれると思ってた」

そういって末美は夫に抱きついた。

「どうしてもっと早く生き返ってくれなかったの」

嬉しくてたまらなかった。夫は、「どこにいたか聞いてくれ」といった。

「どこにいたの？」

……目が覚めた。

夫の死後、ことあるごとに激しい涙が末美の胸を突いた。悲しみは不意にきりきりとこみ上げてきた。

みそ汁を作る。いつも一人分だけあまってしまう。きょうは少なく作ろうと思うのだけれど、注ぎ終わるとやはり一人分だけあまってしまう。買い物に行く。おかずにする魚の切り身が二切れずつパックに入っている。ほんとうはもう三切れしかいらないのに、二パック買うと四切れになってしまう。

四つの魚の切り身を見ただけでぼろぼろと涙が込み上げてくる。せんたくをする。それまでより分量が少ない。子供と自分の服だけで、夫の服がない。

ふっと、玄関の扉を開けて夫が帰ってくる気がする。でも扉は閉まったままで、帰ってこない。

「生きていてほしかった。病気で寝ていてもいいから……生きていてほしかった」

あるとき、涙で消え入るような小さいささやきで、そんなふうに語った。

街を歩いていても家にいても、涙は発作のように込み上げてきた。歩きながら号泣することもしばしばあった。突然、胸をとんっと突かれるように悲しみはやってきた。子供たちの前では泣くまいと思うのだけれど、だめだった。

平成十二（二〇〇〇）年の大晦日。早めに休もうと夜の九時ごろ、「さあ、寝ようね」と末美はリビングに布団を敷き、恭子と晋一を寝かせようとした。小さい姉弟は並んで布団に入った。しばらくしてどちらからともなく号泣が部屋に響いた。

「パパに会いたい」

「パパに会いたい」

姉弟はそう繰り返しながら、感情が爆発したかのようにわんわんと激しく泣いた。一人の涙の発作がもう一人に火をつけ、それを繰り返して二人は二時間も叫ぶように泣きじゃくった。末美もどうすることもできず、子供たちとともに泣いた。

父親に会いたいと繰り返す姉弟に、末美は泣きながらいった。

「会いたいね」

ほんとうに会いたかった。「でも、会いたいけど、もう会えないね」と末美は続けた。晋一が聞いた。

「パパ、なんで死んじゃったの?」

答える言葉がなかった。

「なんでかな。ママもわからない」

懸命に末美はいった。

「でもきっとパパは見てくれてるから」

二十一世紀へのカウントダウンが始まり、「復興」の明るい響きが満ちた神戸の街の片隅で、若く幼い家族はひっそりと肩を寄せ合うようにして生きていた。

＊

自分を責める気持ちにも末美は苦しんでいた。

自分が身ごもっていたから夫にがまんをさせてしまった。すごくしんどい思いをさせてしまった……。そんな思いが涙とともにこみあげてきた。夫はどんな気持ちだったんだろう。もっとわたしが支えてあげればよかった。自分の病気がわかってから、どんな気持ちですごしたんだろう。食餌療法をしているといってもほんとうはお魚やお肉を食べたいときもあったんじゃないだろうか、わたしはどうして背中を押してあげられなかったんだろう……。

安医師は医者として自分の体の状態を客観的に理解しながらも、自分は生きるのだと信じつづけようとした。信じることで生きようとしたのかもしれない。《癌の自然退縮は一説によると５００例に１例だそうです。倍率５００倍は狭き門ですが、医者としてはもっと悪い数字を教えられていた（つまりほとんどゼロ）ので、これでもずいぶん希望がもてます》。十月二十三日に中井久夫に宛てたはがきではそんなふうに書きつけている。

最後の入院をするときも末美に「また帰ってくる」といい、末美もそんな夫の言葉に寄り添うように、夫が生きると信じていた。身ごもっていることを周囲の親族が気遣い、末美に細かい病状を伝えるのを控えていたこともあるが、妻はただ夫を信じていたのだった。しばらくときがたって末美は「なぜあのときあんなふうに思ったのかわからない」と話したが、最後の入院のときも、「帰ってくるから」という夫の言葉に促されるように末美は漠然と、一週間くらいで夫は退院してくるような気がしていた。昏睡状態に陥ったときも、まだ夫はだいじょうぶじゃないかという思いがあった。夫が死に行くということが、妻には信じられなかったのだった。だからなおさら、激しい後悔と自責の思いが安医師の死後、末美を襲うようになったのかもしれない。

「わたしのせいで主人にがまんをさせてしまった」

どんなに夫は孤独だっただろう。そう思うと、たまらない気持ちになった。

平成十三（二〇〇一）年が明けた安家。秋実はベビーベッドですやすやと眠っていた。

安医師の最期の日々をうかがいたい旨を伝え、安家を定期的に訪ねさせていただくことにした。ぼくにできることはそれしかなかった。涙で何度も声を詰まらせながら、末美は夫との日々を語ってくれた。

話の途中で秋実が目を覚まして、ベビーベッドのなかで泣き声をあげた。母親は泣く赤子を抱き上げ、「うん、うん」といいながらあやした。秋実は小さなしゃっくりを始めた。「よしよし、しゃっくりね。ちょっと待ってね」。さましたお湯をスプーンですくい、小さな小さな口に含ませた。

秋実を抱いたまま、末美は話を続けてくれた。

「『したいことはなにもない……ふつうの暮らしがしたい』。そういいました」

声を震わせながらそう語って、母親はわが子の小さな体に顔をうずめた。

＊

一月十七日の大震災の追悼式典も終わった。震災から六年ということもあり、自治体主催の式典はとりやめにするという話も出て直前まで混乱した。神戸の街を歩いて震災の記憶を新たにしようという各種のウォーキングが十三、十四日から行われることになっていて、神戸はどこも人であふれていた。なにか盛大な観光イベントが行われようとしているかのように、南京街も北野の異人館通りも人でごったがえしているのだった。

夫の四十九日が過ぎるのを待って、喧騒の街でひっそりと末美はお宮参りにでかけた。秋実を抱き、恭子と晋一を連れて、行き先は生田神社。前の年の秋、安医師がふらふらの状態にもかかわらず晋一の七五三のお参りに訪れた場所だった。

お宮参りに来ていたのは安家だけで、秋実は一人で祝詞をあげてもらった。そのあと写真館で家族写真を撮った。お宮参りや七五三のときに写真館でちゃんと撮影してもらうことを家族はずっと習慣にしてきた。わずか二か月前にいてくれた夫が、いまはいない。刺すような寂しさが末美の胸をついた。

一月下旬、安家を訪ねると、音楽が静かに部屋に流れていた。死の数日前に安医師が友人の田中究から贈られ、気に入ってずっと聞いていた古謝美佐子のCD「天架ける橋」だった。流れていたのは「童神（わらびがみ）」という曲で、「天の子守唄」という副題がついている。神戸の街は午前中よく晴れていて、少し暖かい。

天（てぃん）からの恵み　受きてぃ此（く）ぬ世界（しげ）に
生まりたる産子（なしぐわ）　我身（わみ）ぬむい育てぃ
イラヨーヘイ　イラヨーホイ
イラヨー　愛（かな）し思産子（うみなしぐわ）
泣くなよーや　ヘイヨー　ヘイヨー
太陽（てぃだ）ぬ光受きてぃ
ゆういりヨーや　ヘイヨー　ヘイヨー

勝(まさ)さあてぃ給(たぼ)り

天の恵み　受けてこの地球に
生まれたる我が子
私こそがお守りして育てる
愛し私の子
泣くんじゃないよ
お天道さんの光受けて
どうか良い子に
どうか何事もなく育ってね

沖縄の言葉の意味がわかりますか、と聞くと、末美は「いいえ、わかりません」と答えた。ただ曲が気に入って聞いているとのことだった。音楽は幼子の眠る部屋で続いた。

雨風(あみかじ)ぬ吹ちん　渡る此(く)ぬ浮世(うちわ)
風(かじ)かたかなとてぃ　産子(なしぐわ)花咲かさ
イラヨーヘイ　イラヨーホイ
イラヨー　愛し思産子

泣くなよーや　ヘイヨー　ヘイヨー
天(てぃん)ぬ光受きてぃ
ゆういりヨーや　ヘイヨー　ヘイヨー
高人(たかっちゅ)なてぃ給(たぼ)り

雨風の吹く渡るこの世間
身を盾にして守るから
花を咲かせてね
愛しい我が子
泣くんじゃないよ
天の光受けて
どうか良い子に
どうか立派な人になってね

秋実は一月の下旬には四キロを超えていた。安家のリビングのレースのカーテンが光を含んでやわらかくふくらんでいる。秋実は目に見える形をもう識別しているのだろうか、目の焦点が合っている。顔を寄せると、透き通った目でじっと見つめかえしてくれる。小さい瞳に窓の光が映っている。

四十九日を過ぎてから、さらにひどい寂寥感が末美を苦しめていた。それを人に語ることもできず、ようやく語ってくれようとする言葉は込み上げる涙で震え、押し殺され、何度も途絶えた。

「主人がいないことが、つらい」

そんな言葉すら涙でくしゃくしゃになって、わずかに聞き取れるだけだった。

安家の本箱を見せてもらった。安医師が子供部屋を作ろうと自分の書斎を整理し、少しずつ片づけていった本箱は和室の壁に小ぢんまりと置かれている。『がん患者学』『ガンを治す大事典』『がんに挑む』『奇跡のごとく』。そんな癌の本に並んで、震災関係の本が少し残っている。『大震災・市民編』『大震災　生かされたいのち』……

多重人格と心的外傷

多重人格治療のパイオニアとしての安医師の姿と、阪神大震災のもとでの安医師の活動をここで振り返っておきたい。分裂病研究からスタートした安医師は平成四（一九九二）年ごろに初めて多重人格の症例に出会い、患者が根底に抱えるトラウマに目を見開かされていた。阪神大震災で安医師は被災者のさまざまな心の傷つきに直面した。「心の傷」に安医師は生涯、思いをいたらせたのである。それは震災後の、ともすればブームとして語られた「心のケア」という浮ついた言葉の流通とは一線を画している。

多重人格については安医師自身が簡潔にまとめた入門的な文章がある（「多重人格」『日本医師会雑誌』第一一九巻・第九号、平成十＝一九九八＝年五月）。多重人格とは、《1人の人間のなかにはっきりと他と区別される1つ以上の人格状態が、反復的に患者の行動を支配する病態》であり、《本来1つに統合されるはずの同一性（私）が、発達途上で分離したと考えられている》。自分の記憶や、本来おなじである自分を切り離してしまうことは解離と呼ばれる。《多重人格の解離を引き起こす病因については、小児期心的外傷（主として児童虐待）が重視されている。子どもは外傷的出来事を記憶し続けることに耐えられず、それを解離して記憶から消そうとする。だが、解離された記憶は失われるわけではなく、成長と共に別の「私」、すなわち交代人格に結実すると考えられている》

安医師たちのグループのまとめでは、多重人格の症例の七三・三％に小児期の性的な虐待が、六〇％に身体的な虐待が見られた（「解離性同一性障害の成因」『精神科治療学』第一二巻第九号、平成九＝一九九七＝年九月）。安医師の神戸大学時代の同窓で研究仲間でもある精神科医の岩井圭司は、安医師が多重人格にかかわるようになったころのことをこう話す。

「最初、彼はヒステリーや境界例といわれる人たちが幻聴を聞く、幻覚を見るというところにひっかかって、そこからスタートしているんです。それは分裂病と誤診されるんだけど、患者さんをじっと見ているとどうも違う、と。トラウマのフラッシュバックであったり、多重人格でいう交代人格がホスト人格に話しかけてくる声なんじゃないか、と。純粋に患者さんをじっと見ていくなかで、「なんかちがうな」という疑問があって、そこから、人があまり入りこんでいない未開の領域に入っていった」

日本で報告例のほとんどない多重人格について、安医師はアメリカの文献をあさりながら治療の方法を模索していった。患者自身の根っこにあり、おそらく安医師自身の感性と思考を多重人格に強く惹きつけるようになったのは「トラウマ」、心の傷という概念だった。傷つきにともに震えるようにして、安医師と多重人格の人は出会ったのである。安医師の別の入門的な文章では、トラウマと多重人格の治療について触れられている。

《治療で大切なのは小児期のトラウマについて話すことである。個人精神療法の中で、自然に過去のさまざまなトラウマが語られるようになるが、どんどんしゃべれば早く回復するというわけではない。それどころか不用意にトラウマを語ることで、患者はますます不安定になる。そういう意味で、治療もまた負担なものであるし、治療が外傷体験となることすらある。それでもトラウマについて話し、その記憶を人格システム全体で共有し、治療者と共同で過去のトラウマ体験の意味を理解することによって、トラウマは前よりも患者を脅かさなくなっていく。この作業は慎重にしなければならないが、避けて通れない道である》

（「多重人格とは何か」『ユリイカ』平成十二＝二〇〇〇＝年四月号）

安医師は多重人格の患者のつらい話に耳を傾け、共同でその意味を理解していくという作業を続けた。トラウマを語る過程で、患者がときに治療者に対して暴力的にすらなることもある。医者にとっても極めて負担の大きい治療であり、安医師自身も心身ともすりへって入院していたことすらある。そのころ、医者としてプロフェッショナルに徹してきた安医師が患者のことで泣いた。その話を聞いて、公私とも安医師の先輩である山口直彦は「距離を置け」とアドバイスしたという。山口はいう。

「愛情で病気が治るわけではない。安君もプロとしてそれはよく知っていたはずなんです。治療者には冷静な判断が必要なのであって、感情移入すればいいというものではない。しかし彼にはどっと入れ込むところがあった。だから震災のときも涙を流した。それは彼の欠点でもあり、いいところでもあるんです」

精神医学の専門家のあいだでは、「多重人格」という病名自体に批判的な人も多い。症例が報告されているのは北米が中心で、文化に由来する症候群なのではないか、あるいは医者がその視点と診断によって「多重人格」という病をつくりだしているのではないかとの批判が根強くある。安医師はある座談会で批判に答えるようにこう話している。

《治療の役に立たなかったら、多重人格の診断を下すことは混乱を増すばかりであまり意味がない。私自身は、違う診断名で来ていた人が多重人格とわかることで、病状がはっきりしたり、治療の糸口がつかめたり、患者さん自身も安心して生活できるようになったりするのを見ていると、多重人格として診ていくことの恩恵があると思うんです》

（座談会「わが国における多重人格」『精神科治療学』第一二巻第十号、平成九＝一九九七＝年十月）

どこまでも患者本位にものごとを考えていく医師だった。

一方で多重人格の強姦犯を描いたダニエル・キイスのノンフィクション『24人のビリー・ミリガ

ン』が日本でもベストセラーになるなどして、多重人格はテレビドラマや小説でブームのように取り上げられるようになった。安医師はこの風潮にも批判的だった。順天堂精神医学研究所に招かれた講演では、こんなふうに述べている。

《多重人格は、精神医学界よりマスコミの方でブームになっています。TVドラマやゲームソフトにもなっています。マス・メディアでの扱いの中にはずいぶん誤解があります。とくに多重人格と心的外傷ということがセットになっていて、すごく安易なストーリーがつくられています。非常に興味本位で、患者差別的なものもあり、そういうもので治療が考えられているのもすごく情けない気もします》

（『順天堂精神医学研究所紀要』平成十＝一九九八＝年）

安医師は真摯な臨床家であり、患者の苦悩に即してトラウマについて真剣に考えつづけた学徒であった。時代を先取りする仕事をしながら、時代が浮ついた口調でそれについて語りだすとすっとその風潮に距離を取った。岩井圭司はいう。

「多重人格は、じつは〝うさんくさい〟分野でもあるんです。いいかげんな治療者や、目新しいものが好きというだけの学者もいる。うさんくさい本も出まわっている。悪い意味で、医学の権威やアカデミズムにこだわる人はこの領域に入ろうとはしないんです。そんななかで、いい意味でのオーソドクシーを持った安先生が真剣な仕事をしたことの意味はほんとうに大きい。いちばん相手にされにくくて、あるいは誤診されやすい困難な領域を彼は担った」

安医師の死の直前、十一月に刊行された米国の精神科医フランク・W・パトナムの大著の訳『多重人格性障害』の翻訳作業に、安医師たちのグループは十年がかりで取り組んでいた。死の年、平成十二（二〇〇〇）年九月八日の日付がある「訳者あとがき」で、安医師は《老婆心ながら、日本の読者のためにいくつか補足をしておきたい》と前置きして、多重人格の治療者と患者にいくつかの提言をしている。治療者に対しては、《多重人格の病因は心的外傷だけではない〔略〕。多重人格患者だから虐待があるはずと推論することは間違いである。また、ドラマになるような凄惨な虐待体験だけが多重人格を作るわけでもない。ある種の条件が重なると、一見些細なストレスも十分に多重人格を発症させることがある》など、自分が手探りで行ってきた治療の手痛い経験もふまえて、細かなアドバイスを送っている。感情を抑えに抑えた文章だが、多重人格の治療に当たる人たちへの、遺書の意味合いもあっただろう。

多重人格の患者（安医師は「患者」という言葉を使わず「当事者」といっている）には、次のようなアドバイスを送っている。

《多重人格を治療しようとする人たちにとっての最大の悩みは治療者にめぐり合えないことである。たいていの精神科診療所や総合病院精神科で、多重人格の治療をしてくださいと求めても、やんわりと断られることが多いだろう。精神科医は忙しく、毎週一時間の治療を引き受けてくれる人を見つけるのは難しい。〔略〕現状を考えると、専門や肩書きや世評にこだわらず、話をして

安全な感じのする治療者を身近に探すのがよい》

（「訳者あとがき」『多重人格性障害』）

死の直前まで一人の患者に一時間以上の診察を続けた安医師にとって、日本の精神医学界の現状で自分が去ったあとの患者たちのことも気がかりのひとつだったに違いない。

大震災と心的外傷

その安医師が阪神大震災に遭遇したとき、「心の傷」にまっさきに思いをいたらせたのは必然的なことだっただろう。リアルタイムに安医師が考えていたことを知っていただくため、著書『心の傷を癒すということ』のもとになった新聞連載「被災地のカルテ」から引用する。

《ベッドが足りなくなり、ベンチに寝かせられる人も大勢いた。この日だけで三百人を超える救急患者があったらしい。遺体が霊安室に入りきらず、カンファレンス室に並んだ。このような状況では精神科医の出番はあまりない。だが、救急外来の廊下でぼう然とたたずみ、あるいは悲しみをこらえきれない遺族の姿を見て、私は被災者の心の傷の深さを思った。身体的な救命救急の時期が終われば精神科の仕事はかならず忙しくなるだろうと、私は考えた》

（平成七＝一九九五＝年一月三十日産経新聞大阪本社版夕刊）

《阪神大震災は、さまざまな心の傷（心的外傷）を被災者に与えた。大地が揺れるという恐怖体験も、一つの心的外傷体験である。これは被災者共通の体験だった。だが、人によって、受けた心の傷の大きさには非常な差があった》

（一月三十一日夕刊）

《喪失の大きかった人たちや心理的ショックの大きかった人たちでは、さらに大きな精神的負担があるにちがいない。〔略〕わかっているのは、この災害による後遺症には長期間のフォローアップが必要だということだ。身体の傷は治っても、心の傷は簡単には解消しないのである》

（二月二日夕刊）

「被災地のカルテ」の最初の八回は緊急連載の形で、月曜日から木曜日まで二週にわたって連日掲載された。引用したのは初回と二回目、四回目の原稿である。最初の入稿はもっと早く、二十六、七日ごろだったかと思う。この段階ですでに「心の傷」「心的外傷」という言葉が使われている。安医師は極めて早い時点から被災地での心的外傷に注意を払い、長期的な展望を持っていた。

安医師は震災があった平成七（一九九五）年に主著者として多重人格についての三つの論文を専門誌などに発表している。多重人格について書かれた安医師の文章のなかではもっとも早いものに属する。そのうち「失われた身体　身体症状と解離」（『ら・るな』平成七年）では解離性障害の症例などについて触れながら、解離が起こる原因に心的外傷を挙げ、PTSDと解離の関係について述べている。《PTSDの症状形成には解離のメカニズムがはっきりと現れている。「あのこと（心的外傷のきっかけとなったできごと）はなかったことにしたい」「思い出したくない」という感情が、そのできごとにまつわる記憶や感情や身体機能を自己から解離してしまう。しかし、解離された体験は、フラッシュバックや悪夢などの形でよみがえって患者を苦しめる》。このような準備があったからこそ安医師は阪神大震災に遭遇して、「心のケア」について単なる掛け声ではなく切実な問題として発言していった。

震災当時、兵庫県立光風病院の医師だった岩尾俊一郎（四四歳）は、精神科の救急活動にまず当たった。多くの精神科の病院が被害を受け、交通網も寸断されて、震災まで精神科にかかっていた患者の多くが治療や投薬を受けられない状態にあった。岩尾らは、こうした患者らのための精神科救護所のネットワークづくりにまず奔走した。それは緊急度の高い仕事だったが、岩尾は振り返って話す。

「ぼくにはＰＴＳＤの概念はなかった。震災直後、安医師からＰＴＳＤについて講義を受けたくらいです。ぼくには精神科の患者さんが都市機能のマヒした被災地でいかに治療を受けられるかがいちばんの課題だったけれど、彼はそうではなくて、被災者の心のケアについて最初から考えていました。神戸のなかで、最初からＰＴＳＤに関してきちんとした視点を持っていて、なにが問題になっていくのかということをちゃんと見ていたのは彼だった」

しかし大規模災害下での精神保健について日本にモデルがあるわけではなく、活動も手探りの模索だった。

当時、安医師は神戸大学医学部精神神経科の助手、また付属病院精神科医局長として、全国から駆けつけたボランティアの精神科医の受け入れ役に当たり、煩雑な連絡や調整をこなしていた。また常勤医として大学病院で診察を続けた。その一方で、震災の避難所を訪問するという試みを始め、一月二十九日から連日、神戸市兵庫区の湊川中学校を訪ねた。数日交替で入れ替わる、しかもそれぞれに科の違うボランティアの医師たちが連携することの難しさを痛感し、ボランティアでもある程度の期間避難所に滞在する保健婦や看護婦と精神科の医師が連携する体制を、安医師は率先して作っていった。保健婦や看護婦は避難所の人たちに多く接していて、ときに悩みを聞く相談役にもなっていた。

湊川中学へは、当時はボランティアとして東京から神戸に入り、のちに「こころのケアセンター」に勤務することになる加藤寛や、当時安医師とともに神戸大学医学部精神神経科の助手をしていた岩井圭司らの精神科医、それに数人の研修医も合流した。また全国から訪れた精神科医たちも湊川中学を中心に周辺の小中学校の避難所で精神的な相談活動を行うようになった。その結果を一日の活動の終わりに保健所に報告した。こうして、滞在期間もまちまちなボランティアの精神科医たちが継続して被災者のダメージに注意を払い、フォローするというシステムができあがっていった。病院で患者を「待つ」のではなく現場に出かけて被災者を支えるという活動は、安医師の働きによって軌道に乗ったものといえる。「(避難所に)行ってみましょう。行ってみないとわからない」。加藤はそう話す安医師の言葉を覚えている。

『心の傷を癒すということ』で安医師は、当時のボランティア精神科医の日記から一部を引用している。それを読むとこの避難所訪問がとても意義のある活動だったことがわかる。「○○さん(女性)入所時より奇行が目立っている人。分裂病の疑い。隣のお婆ちゃんが咳をしたら叩いたりする。寝前だけでも向精神薬を飲ませる方針で」「○○さん（女性、二十四歳）生気なく表情乏しく、抑うつ的。思考抑制も軽くありそう。一応会社に出勤しているもののエネルギーの低さが印象的。一人暮らししていたがアパートが潰れる。実家は四国。一度帰った方がベターか。服薬を勧めてみるがやんわりと拒否される」。このようにして入れ替わり立ち替わりするボランティア医師によって、継続的な被災者のフォローが行われた。

また安医師は混沌とした避難所で、精神的なケアとは安易に押しかけてカウンセリングすることではないということも、体育館や教室にあふれた被災者との接触を通じて体得していった。加藤の記憶では、最初は白衣を着て「神経科」という名札もつけていた。

《ある女性は、目を泣き腫らしながら雑誌を見ていた。彼女は私の名札に書かれた「神経科」という文字を横目で見ていたが、最後まで一言も発しなかった。精神科という名称に抵抗を感じる人が多いだろうと、あえて「神経科」の呼称を用いたのであるが、敷居の高さに変わりはなかった。〔略〕安易に〝押し売り〟しても、被災者の救護にはならないと私は思った》

《〈心のケア〉が独立して活動するよりも、一般的な救援活動の中に〈心のケア〉を盛り込んでいくことがよい。〔略〕〈心のケア〉のスタッフは、一般的な救援活動の前面に出るわけではなく、救援活動を裏から支える〝黒子〟の仕事を主としているのである》（『心の傷を癒すということ』より）

こうして、災害の場に精神科医も能動的にかかわっていくけれども、「黒子」として被災者を見守り、隣人として支えていくという姿勢が形作られていった。これは災害の場面だけでなく、心的外傷体験によって傷ついた人に対する安医師の基本的な構えでもあっただろう。岩井圭司は震災から一年たったかたたないかのころ、多重人格の患者が抱えるトラウマについて安医師がこんなふうに語ったのを覚えている。

「その人のトラウマを、ぼくは治療者を通じて濾過して返そうとしていたんだけど、それは人間に許されたことではないと途中から気がついた。自分にそんなことができる能力はないし、人間のわざを超えている。いっしょに聞く、回復に添い遂げる——そういうことに尽きるんじゃないかなあ」

過去にあった悲しいできごと、ひどいできごと、苦しいできごとは、なかったことにはできない。それを「濾過」したり消し去ろうとしたりするのはむしろおごりであり、治療者として誠実なのは「回復に添い遂げる」ことだ——。安医師は、人生の苦しみを抱えた人を医師が治療し治すということが、ある種のおこがましさを持つように感じていたに違いない。それは安医師が、患者の目線から考える立場に徹していたからだろう。

在日韓国人の友人、姜邦雄は安医師が震災前に語っていた言葉が胸に残っている。

「姜さん、精神科の患者さんのことを世間は誤解して見ている。ぼくが話をしていると、世間のほうが間違っていて、患者さんのほうが正しい」

姜はそのとき「おまえ、踏みこみすぎてるのとちがうか」といったのだが、内心では「ほんとうに患者の側に立つ医者なんだな」と思った。おそらくは安医師自身のなかに社会的な弱者とされる人たちに鋭敏に共鳴する部分があり、過酷な状況で懸命にこらえ、また一歩を踏み出そうとする人に対して、心からの敬意を持っていたのだろう。阪神大震災で傷ついた人々の心の内に触れるうち、「心のケア」とは回復に〝黒子〟として〝添い遂げる〟ことだというスタンスは、安医師のなかでますます確固としたものになっていった。

「被災地のカルテ」およびそれに加筆した『心の傷を癒すということ』は、直接には阪神大震災によって精神的なダメージを受けた人たちに即して書かれたものである。しかし安医師がこの仕事のなかで戸惑い、模索しながら体得していったトラウマと癒しへの視点は、震災だけでなくほかのあらゆる災害の、あるいは事故や事件、さらには戦争といったあらゆる悲劇の渦中にある人々に通じていく力を持ったものとなった。ちなみに「心の傷」「トラウマ」という言葉は、戦後半世紀を経て起こった阪神大震災で、ようやく市民権を得た。安医師は平成九（一九九七）年一月に横浜市南区で行われた「南区防災シンポジウム」でそのことに触れ、若干批判的にこのように述べている。

《震災の前までは精神科の仕事というのは患者さんの心を扱っているわけなんですが、日本の精神医学の中では、あまり心の傷、心のケアについて論じられてきたわけではないのです。心的外傷や心の傷を取りあげた医学論文はあまり見かけないし、そういうことをあまり取りあげないのが、日本の精神科医の基本的なスタンスであったと思うのです。それは日本の社会にそういう心的外傷を生じる出来事が存在しなかったというわけではありません。実際には、立場の弱い人たち、発言権のない人たち、弱者と言われるような人たちに心の傷を負った人が多くて、そういう人たちは、概ね社会から顧みられないことが多かったのだと思います》

早くから心的外傷に取り組んできた安医師だからこそいえる言葉だった。

＊

平成十三（二〇〇一）年二月初旬。冬のぶあつい雲が神戸を覆っている。三時間か四時間に一回、お母さんにお乳をもらい、秋実はすくすくと大きくなっている。「ずっと抱いていると手がしびれてくる」といって末美は少し笑った。幼い姉弟も赤ちゃんをかわいがった。恭子は母親がする通りに赤ん坊に話しかけ、世話をしようとした。まだ首がしっかりしてないので、抱っこするときは座って抱いた。晋一も「秋実ちゃん、秋実ちゃん」といって新しくできた妹をかわいがった。

恭子が楽しみにしていたように、五人家族にはなれなかった。幼い姉弟は幼いなりに、はたの第三者などがうかがい知ることもできない痛切な悲しみを胸の奥に持っているはずなのだった。でも、五人家族にはなれなかったけれど新しい妹ができた。あまりに大きな喪失を少しでも埋めようとするかのように、幼い姉弟はできる限りのいたわりで赤ちゃんを包もうとしていた。

秋実は「あー、あー」と、盛んに喃語も発するようになった。末美がなにか話しかけるとにっこりと笑うようにもなった。そのときもベビーベッドをのぞきこんでいると「ぱあ」というような小さな、明るい声をあげて笑った。秋実の肌は透き通るように白く、そこにぱっと小さな白い花が咲いたような笑顔だった。

動きも活発になっていた。一生懸命、足を蹴ったりつっぱったりして体を動かそうとする。泣き声も、怒ったときの声は微妙に違うという。あるとき末美は用事で近所の知人の家を訪ねた。姉の真由美が赤ん坊のめんどうを見ていてくれたのだけれど、やがておなかがすいたらしくて泣き出した。末美が戻ると、秋実は母親のほうを見ながらなにかを盛んに訴えるように声を出していた。言葉にはなっていないけれど末美は「おなかがすいているのに、どこに行っていたの」と、娘に怒られているような気がした。ほんとうに自分の意思をもう持っていて、なにかを訴えようとしているように思えるのだった。

生まれたばかりの娘を見ていると、小さい体がすべて命のかたまりのような気がしてくる。そしてその体のすべてをもって母親に共鳴し共振しようとしてきている気がする。「まだ言葉になっていないけど、わたしの気持ちが秋実にすごく伝わっているように思うんです」と末美はいう。

秋実の生命力の強さを日ごとに感じる一方で、日をまして衰弱していった夫のことを思わずにはいられなかった。悲しみの奔流はおさまることがなかった。ほほえみが次の瞬間にあふれだす涙に変わった。買い物に出ても、用事で市役所に行っても突然涙が込み上げてきた。父親が家族といっしょに歩いているのを見ただけで悲しかった。「もう泣くのはやめよう」と頭では思っても、だめだった。なにを見ても夫のことを思いだし、そのとたんに涙が襲ってきた。家でも、ぼろぼろと泣きながら家事をした。

不思議なことに、生まれたばかりの秋実も母親が泣いていると表情がちょっと違った。笑顔が消え、じっと母親を見つめるのだった。

ある夜のこと。秋実を入浴させながら夫のことを思い出し、赤ちゃんの小さい体を抱きしめて末美は号泣した。激しく泣く母親の姿に、秋実も火がついたように泣き出した……

涙　平成十三年、春

三月初旬。神戸はよく晴れている。木々が芽吹くにはまだ早いのだけれど、光はかすかに春の気配を含んでいる。

安家ではベビーベッドの上に新しく象のモビールが吊り下げられていた。赤と青と黄色の象の形をしたモビールがゆっくりと回っている。枕もとにはガラガラや小さいうさぎのぬいぐるみが置かれている。

秋実は目の焦点がさらにしっかりと合っていた。リビングのテーブルをはさんで座ったお母さんの膝の上に抱かれ、眉をちょっぴりいぶかしげにしかめてぼくのほうをじっと見つめてくる。瞳には部屋の窓が光を含んで小さく映っている。首もだいぶんしっかりしてきた。ピンクのロンパースに縫い取られた熊のアップリケが、赤ちゃんというより、はや女の子らしさを感じさせる。

「秋実ちゃん、いつもだれかお客さんが来るとおとなしくして、いいとこ見せるよね」。ずっと末美に付き添っている姉の真由美がそういって笑う。意志表示もますますはっきりしてきた。抱き方が気に入らないだけでも大きな泣き声をあげるのだそうだ。

ハワイ・ホノルル沖で愛媛県立宇和島水産高校の実習船が米原子力潜水艦に衝突されて沈み、九人が行方不明になった。愛媛県教育委員会などは事故に遭った生徒らの「心のケア」を実施することをすぐさま決め、宇和島中央保健所では臨床心理士が生徒へのカウンセリングを行った。安医師の、阪神大震災下での訴えはいろんな形で実を結びかけてはいる。

けれどもぼくは安医師が、病がわかってからの最期の半年、なにも語らずただ家族のそばにたたずもうとした姿を思い浮かべ、ずっと心のなかで繰り返すばかりだった。答えが返ってこないと知りながら彼の最期の日々をただ想像し、自問することしかできない。「心のケア」のパイオニアである彼は、なぜその生き方を選んだのだろう。

末美は苦しんでいた。悲しみは毎日、胸を突いた。夫との記憶を語ってくれようとする言葉はやはりいまも、ときに堰を切ったようにあふれる涙でさえぎられるのだった。夫の病気のことを思い出しても涙が出るし、楽しかった日々を思い出しても泣いてしまう。口に手を当てたまま、一分も二分も沈黙とすすり泣きが続くこともあった。幼子のように泣きじゃくりながら言葉を話してくれることもあった。

子供たちには心配さすまい、泣くまいと思ってがまんしてしまう。でもがまんすることはつらかった。ときには子供たちの前でもぼろぼろと泣いてしまうこともあった。そんなとき、秋実はやはりじっと母親の顔を見つめ、恭子や晋一はさっとティッシュを手渡してくれるのだった。

夫がすごした最期の日々を、自分なりにたどりなおしたいという思いもあった。ある寒い日、病がわかった夫が通うようになった教室を訪ねてみた。催眠療法や気功、整体などを通じて生命力を高めていく、そうした療法にも安医師は取り組んでいたのだった。教室ではちょうど、二人がペアになって背中を軽くとんとんと叩くタッピングというプログラムを行っていた。そういえば、夫が最初にそれを習ってきたとき、「きょうはこんなことをやったよ」とわたしにも教えてくれた。「いっしょに行こ」といってくれたのに、おなかが大きくて行けなくて、ごめんね……。夫とのことを思い出して、タッピングをされながら末美はまたぽろぽろと泣いた。

あまりに苦しくて、じつをいうと、カウンセリングを受けたいという気持ちもあった。でも安医師が精神科医であり多くの人とネットワークを持っていたことが末美を躊躇させていた。たいがいの精神科医やカウンセラーや臨床心理士は安医師と面識やつながりがあって、死去のことも、亡くなる直前に娘が生まれたことも知っていた。そんな状況で自分の気持ちを正直に打ち明けてカウンセリングを受けられるとは思えなかった。

自責の念にも依然、強くさいなまれていた。「わたしのせいで夫にがまんをさせてしまった」と。

ある夜、夫の夢を見た。元気なころの夫が出てきて、いった。

「これでよかったんだ。間違ってなかったんだ……」

胸がつまったような思いで目が覚めた。自分が夫にそういってほしいと望んでいるからそんな夢を見てしまったんだろうかと、また自分を責めた。

四月。あふれる花々が神戸の街を彩った。花見には行かなかったけれど、一家は神戸市灘区の王子動物園に出かけることにした。前の年の七月にパンダがやってきていて子供たちも楽しみにしていたのだが、まだ行けてなかったのだ。姉の真由美はいったん帰郷し、一家は四人での生活を始めていた。日曜日だった。

動物園に着いてから末美ははっとした。休日の動物園は家族連れでいっぱいだった。子供、母親、そして父親。つらくてたまらない気持ちになった。楽しそうにしている子供たちの前で泣くまいと一生懸命、込み上げてくるものを抑えようとした。「これからずっとこんな思いをするのかな……」。ときどきこらえきれずにかすんでしまうまなざしで、末美はそんなことを考えた。

グリーフワーク

《死別の苦しみは「地獄」のようであるという発言がある。そのことばに重みがある。「こんなに苦しいのに、なぜ自分が生きていられるのかが不思議である」とある人が言う。「晴れたら晴れたで悲しく、降れば降ったで悲しい」と別の人が言う。

死別に直面したあとの何週間、あるいは何カ月かは、「気が狂った」ような状態だったと述懐される。それほど、いつもの自分とは違っていたそうである。混乱して何が何だかわからなかったという方もあれば、なぜあんなに冷静だったのだろうかという方もいる。

そして、死別の悲しみは、長年の間でかたちを少しずつ変えながらも、絶えることなく続くのだそうである》（「死別体験の分かち合いの集い『さゆり会』から教わったこと」

＝「兵庫・生と死を考える会」編『生きる』、平成八＝一九九六年）

第Ⅰ部でも触れたように、安医師は阪神大震災後、死別を体験した人たちが語り合い、悲しみを共有していくグリーフワークの自助グループ「さゆり会」にオブザーバーとして参加した。依頼されたものではなく、大震災の年に「さゆり会」の存在を知り、「自分はそういう経験をしていないし、わからないことが多いから、勉強としてその場にいさせていただけないですか」と、「兵庫・生と死を考える会」会長の高木慶子にみずから願い出た。大震災後三年ほどのあいだ、毎月第二土曜日の午後の三時間、安医師は可能な限り会合に出ていたという。

　わが子を亡くした体験を激しい感情を露呈させながら語る当事者たちの言葉に、安医師はうなだれるようにして聞き入った。「こんなことをわたしのような第三者が聞かせてもらってもいいんだろうか。参加させていただいてほんとうにいいんでしょうか」と高木にいつも聞いていたという。それほど安医師にとって毎回、深刻な、自分自身を揺さぶられるような経験だったのだろう。

　ときおり医師としての意見を求められることもあった。大震災で延命措置のすえ三週間後に娘を亡くした母親が、「あのとき手術を受けさせなければ娘はもっと楽だったのでは」と激しく自分を責めていた。安医師は「医学が発展してしまったことの光と影ですね。……でも親御さんとして最善を尽くされたんですね」と話したという。結果的に苦しみを長引かせたことへの医療に従事する者としての謝罪と、遺された者へのいたわりの言葉だった。

そんな経験を重ねながら、安医師は書物の知識としてではなく生きた経験として、死別というトラウマに向き合う態度を身につけていった。さきのエッセイからいくつか引用を続ける。

《周囲から見れば、死別のトラウマには近寄りがたさがある。それは裏返せば、死別体験者がひじょうな孤独感にさいなまれることでもある。この溝は死別の悲しみが共有しにくいせいである。周囲の無理解が遺族への励ましという形を取ることがある。その励ましに遺族は傷つけられる。〔略〕なるほど、周囲の人が、死別に苦しむ人に「早く悲しみから立ち直って元気になってほしい」と思う気持ちは自然なことであろう。

だが、それを願うことと、それを遺族に強いることとは別である。たとえ善意の心遣いから発する励ましであっても、そのことばは遺族をむち打つことになる》

《参加者の方々には共通する気持ちがあるようだ。それはたとえば次のようなものである。

まず、第一に「不条理な死」を受け入れられない気持ちがある。「なぜ、この子が死ななくてはいけないのか」「なぜ、他の家族でなくて自分の家に起こったのか」「これはほんとうに現実なのだろうか」「何かの間違いではないか」などの思いである。これは精神医学では「否認」と呼ばれている心のはたらきである。

第二に、死に直面して自分を責める気持ちがある。

自分の行動によって死が回避できたのではないかという思いがはげしく胸に迫る。「～してい

れば、あるいはしていなければ死なずにすんだのに」という思いに悩まされ、回避できなかった自分を責める》

《みずからが当事者ではない治療者には、当事者と悲しみを分かち合うことはできない。治療者にできることは、それを「見守る」ことだけである。

治療者は当事者が安心して感情を語れるような関係を築くことがまず大切である。そのなかで感情を表現するお手伝いをすることが、当事者を「見守る」ことになるのではないかと思う》

夫の死後、末美は死別について書かれたこれらの文章を読んだ。夫にこんなことを教わるなんて皮肉だな、と思った。そして夫が、専門家として以前に人間としていかに人の痛みに敏感であったかを知った。「こんなお医者さんがいたら、わたしも診てほしい」。そう思った。

＊

安医師の死後「兵庫・生と死を考える会」会長の高木のもとを訪ね、安医師のようすをうかがったあと、「さゆり会」にはいまも大震災で家族を亡くした人が参加しているか聞いた。いない、とのことだった。力を得て去った人も多いだろうが、それだけではあるまい。「被災地では復興ばかりいわれ、死別の悲しみを持っている人はどんどん社会の片隅に追いやられているのではないか」と聞くと高木はうなずいて、ある抜刷を見せてくれた。高木が勤務する大学の紀要からのもので、高木の執筆による（高木慶子『喪失体験と悲嘆』所収）。大震災後三年六か月の時点で高木は震災で子供を喪った母親にアンケートを行い、三十三人の事例をまとめている。母親の平均年齢は三七・〇九歳、死亡した子供の年齢は平均で一〇・六一歳である。

「大震災後の主な変化」を問うた項目で、「次男誕生」「長女誕生」とあるのはほっとするのだが、過酷な別の言葉が目を射てくる。

離婚　　四人
別居　　四人
癌の手術　三人
夫の自死　二人

「現在の心の状態」や「悲嘆状況の変化」を問うたアンケートの設問に対する答えは切実で、読むのがつらくなる。

「息子が亡くなった時から今まで、怒りと混乱、罪責感、自殺したい、そしてすべてのものににくしみさえ感じ続けている。4年目の今年に入り、主人と離婚を正式にしてからは、少し悲しみと嘆きがおさまったように思う」

「学者さんや専門家は悲嘆についての分析やプロセスなどの研究をし、発表もしておられる。そのデータがひとり歩きして、私たちをその枠に入れようとする。〔略〕悲嘆は非常に個人差があると思う」

「生きていることが惨めでかなしく、死にたいとどれ程思ったことか、しかし、死に切れませんでした。毎日が苦悶と苦悩でした」

「虚脱感の中にいる。感情は無感覚で何の希望もない。〔略〕睡眠障害で薬を飲み続けていたが、今年の2月に乳ガンのうたがいで入院してからは中断、その後酒を飲むようになっている」

「主人の突然死（自ら命を絶った）（大震災の年の9月）までは、ぼう然とした気分で何が何だかわからなかったように思う。主人の死後、生き地獄の状態で罪悪感と自分を責め、怒る思いで頭が狂ってしまったように思う」

「血を吐く思いの3年間であり、本年4月にも2回にわたり、吐血で入院。胃の腫瘍で検査が続いたが、今は良性とのこと。個人としては悪性で早く息子のところに行けたらよいのにと残念な思いでいる」


設問には「周囲の方々から受けたことばや態度について、してほしくなかったこと・してほしかったこと」もある。

「いやだった言葉は、「がんばってね」「一日も早く忘れて」……そんなことできるわけがない。いやだったことは、年賀状に子どもの写真付きを震災後も毎年送ってくる人が数名いる。息子と遊んだことのある子どもが年々大きくなって、ピースサインをしている写真を見て、私がどう感じるか、人の痛みへの想像力が欠落していると思う」

「枠の中にとじこめてほしくなかった。例えば、あの時からもう1年または2年たつのだから「元気になっている」と強制されること」

「おせっかい。離婚に反対すること。わかるふりをした慰めのことばと態度。〔略〕だまって私の話を聞いてほしかった。私の決定したことを認めてほしかった」

「「立ち直り」や「悲嘆にはプロセスがある」などと言って「あなたも、今は何年たつのだからこのような状態でしょう……」と、おしつけがましく私の状態を解明しようとする人々の話。一人一人の感情をひとまとめにしてしまうような考え」

「「あなたはまだ若いのだからこれからよ」というようなはげまし、また「子どももできるでしょう」。あの子はもう帰らないのに」

これらは「心のケア」がしきりといわれるようになった社会で、死別体験を持つ当事者たちが実際に経験したことがらなのである。

「いまだに泣いてらっしゃるんですよ」。高木はそう打ち明ける。「「さゆり会」にいらしてない方のなかには、いらっしゃれない方もいるんです。「もうあれから六年たったでしょ」と周囲から見られる。だからもう来られない。どうするかというと、わたしに電話をしてきたり、あるいは個人的な出会いのなかで、どっとお泣きになる。会に来られるときはまだいいんです」

「悲嘆のプロセス」を理解することは必要かもしれないが、それで当事者の傷つきが癒えるものではない。「立ち直り」の過程論も当事者にはあまり関係はない。安医師は「さゆり会」での体験を精神医学徒として客観的に咀嚼しながら、しかし驚くほど正直な言葉を書きとめた。

《このようなテーマを前に精神医学や心理学の専門家のなすべきことはなんだろうか。率直にいって、大きなトラウマを受けた人の前では、専門家も無力であると私は思った。いや、むしろ無力であることから出発すべきなのだろう》

（前掲エッセイ）

高木は、「重複した喪失体験をした人々の癒しというのは、決して簡単にできるはずがない。（被災地が）復興しているから、心も復興しているということはない」という。安医師も自分と近い考え方、感じ方をしていたのではないか、とも思う。「傷ついていない人なんていません。そういう人間をいとしむ心を大事にしたい。でも多くの人はじゅうぶん癒されないままに生きていて、心がずたずたになってしまっている。日本の社会がとげとげしくなるというのも、そういうことに根っこがあるのではと思います」

――令和元年付記　平成十四年に脱稿した際、高木のコメントに続けて私は、心的外傷への注意や気配りを促すためこころのケアセンターが作成したパンフレットの文章を取り上げている。当時の私の記述ではそれは安医師が書いた原稿だが、関係者によると合議によってできたものという。現在、確認することは困難である。しかし安医師の考えが反映された文章であることは間違いあるまい。削除するのは申し訳ないと感じた。脱稿当時の記述によると、パンフレットの表紙には「大切な人を亡くされた方へ」とあり、次のような文章が書かれている。

「愛する家族を喪った悲しみをだれが理解できるでしょうか。周囲の人は「お気の毒に」と声をかけるかもしれません。「がんばりなさい」と励ますかもしれません。「もうそろそろ立ち直ってもいいはずだ」と追い立てるかもしれません。しかし、どういわれても、自分の気持ちはわかりっこない、とあなたは思うことでしょう。死別はそれほどまでにつらいことなのです」

原稿の公開について連絡を取った際に高木が話してくれたところによると、安医師は自身の癌がわかると「ぼくも大変な病なんです」と高木に告げ、その後もなお、「さゆり会」に参加したという。

＊

安家の窓はあいていて、五月の初々しい風がレースのカーテンをふくらませて部屋を満たしている。連休があけたころから秋実は離乳食を食べるようになっていた。訪ねたときはちょうど食事が始まる直前だった。おかゆ、野菜スープ、すりつぶしたにんじんとじゃがいも。母親は膝の上に娘を乗せ、小さい手を合わせて「いただきます」をさせた。「はい、あーん」といいながらスプーンで食べ物を掬い、口に運ぶ。秋実は食べ物を含んだ口を二度、三度と小さくすぼめるように動かし、飲みこむ。ものを食べるというあたりまえの動作が、どこかけなげでひたむきなように思えてくる。食欲は旺盛で、体重は七キロを超えたという。

少し風邪気味の晋一は幼稚園を休み、リビングでタオルケットにくるまっていた。おなかがいっぱいになった秋実はその隣に寝かされた。「あい、あい、あい、あいい」というような声を盛んに発している。「語る」ということがどういうことかもうわかっていて、なにか語りたいのだけれど言葉はわからない、言葉を覚えたらいまにもどんどんしゃべりだしそうな、そんな勢いだ。末美にもときどき、なにかしゃべっているように聞こえることがあるという。「言葉にはなっていないけど、自分のなかではなにかすごく話したいことがあるのかもしれませんね」と娘を見ていう。

人の顔もよくわかるようになってきた。恭子が学校から帰ってきて顔が見えるなり、秋実はにこにこと笑顔で喜ぶ。恭子は抱っこをしたりおしめを換えたり、かいがいしい。その日リビングで秋実といっしょに横になっていた晋一も、「秋実はかわいい、秋実はかわいい」とメロディーをつけて歌ってやっている。

末美はその日、前年の夏の記憶を語ってくれた。夜、一家で寝ようと電灯を消してしばらくして、突然夫の泣き声が部屋に響いたこと。いつまでもやまなかったこと。「大きな泣き声だったのですか」と聞くと、「そうです……号泣してました。上を向いて、こうやって」。そう語る末美も涙で声を震わせ、両手で顔を覆って泣いているのだった。いまも一人になるとこの人は泣いている。一日のあいだに何度も、涙は込み上げてくる。思い出がふとよみがえって悲しくなるし、夫に話したいこともいくつもあるのに……。そんな言葉を聞きながら、ぼくはなにもいえなくなってしまうのだった。

苦しい夢もよく見るという。内容はよく覚えていないし、夫が出てくるわけでもない。でもとても苦しくて目が覚める。カウンセリングに行きたいという気持ちもまだあるが、やはり行く気になれない。

「すごくしんどいです」

そう、ぽつりといった。

すすり泣きと、秋実の「あい、あーい」という声だけがしばらくのあいだ続いた。秋実の声は大きくなったり小さくなったりした。末美は涙の目でほほえんで、「ごきげんだね」と語りかけた。秋実は「あいあいあいあいあいあい」と、いちだんと大きい声をあげた。

秋実は連休のあいだに寝返りができるまでになっていた。午前中、リビングにあおむけに寝かせていて、末美がせんたくものを干していると、突然ぎゃあぎゃあとひときわ高く泣く娘の声が聞こえてきた。末美が驚いて戻るとうつぶせになっていた。うつぶせ寝には慣れていなかったので、寝返りはしたものの苦しくて大泣きしたらしい。顔をくしゃくしゃにして泣いていたのだけれど、母親が「あら、寝返りしたの？」と笑顔でいうと、とたんににこにこと得意そうな顔になった。

「主人にね……話したかったです。「寝返りしたよ」って。こんなことできたよ、あんなこともできたよって、実況中継したい」

そう語る末美の声がふたたび小さく震えた。そして秋実に向って、「秋実ちゃん、寝返りできたんだよね、ごろんってね」とほほえんで話しかけた。母親の笑顔を見ながら、幼子は歯がまだはえていない口をぱっとあけて笑った。

震災後の虚無感

六月。大阪府池田市の大阪教育大学付属池田小学校に白昼、刃物を持った男が乱入し、児童八人を殺害するなど二十三人を死傷させた。男はしばしば傷害などの事件を起こしていたが精神不安定状態で措置入院が必要として起訴されなかったこともあり、児童殺傷事件の前には知人に「精神障害ならなにをやっても許される」などと話していた。検察は初公判で男が将来に絶望しており、「自分自身が味わっている絶望的な苦しみをできるだけ多くの被害者とその家族に味わわせてやろう」と考え、「多数の者を簡単に殺害できると考え」て小学校を選んだ――とした。

平成九（一九九七）年には神戸市須磨区で連続児童殺傷事件が起きている。小学生の男児を殺害して頭部を切断し校門にさらした当時中学生の犯人と、付属池田小に乱入した男に接点はなにもない。須磨の事件は少年法改正の気運を高め、付属池田小の事件は触法精神障害者の処遇をめぐって広範囲な議論を引き起こしたが、そうした社会的な波紋の大きさという以上に、被災地と呼ばれた地域でこれほどの事件が起こったのだった。震災が少年と男の生活史にどんな影響を及ぼしていたのかはわからない。被災地でも世間並みの悪事や犯罪も起こるだろう。ところがこの二つの事件では、小さい命という大切な価値が徹底的に無（な）みされ、否定されたのだった。

安医師はある場所で、被災地をうっすらと覆うニヒリズムについて触れている（「臨床の語り」『越境する知2　語り：つむぎだす』平成十二＝二〇〇〇年）。大震災で物や豊さや快適さを失い、《これは極端には、何をやっても無駄といった虚無主義へと連なっていった》。同時に倒壊した家屋や散乱した家財は、ふだんは隠されている都市の「内臓」を露わにした。それは「死」と「破壊」のイメージにつらなるもので、《繰り返し思い出される「死」と「破壊」のイメージもまた、被災者に虚無的な感情を引き起こす。この虚無感は、日頃話題にされることはないが、多かれ少なかれ被災市民全員の心の底を流れていると私は思う》。

そして続けて安医師は、連続児童殺傷事件について触れる。

《神戸では、震災の二年後に、須磨区で小学生連続殺傷事件が起きた。〔略〕犯人が捕まってまだ中学生の少年であったことが、世間を驚かせた。この事件は震災には直接関係がないが、犯人の少年の行った殺傷行為に、震災で見た「死」と「破壊」のイメージを重ね合わせた人は多いと思う。〔略〕少年自身も、震災によって「死」と「破壊」のイメージを喚起されたのだろうか。

また、被災地に今もうっすらと残留する「死」と「破壊」のイメージを、われわれは乗り越えることができるだろうか》

連続殺傷事件と少年についての安医師の踏みこんだ意見は見られないが、ほとんど直感的に少年の精神にある大きなニヒリズムを読み取ったのだろう。

別のところでは、きらびやかに復興していく神戸への違和感をにじませながらこうも書いた（平成十＝一九九八＝年一月十四日中日新聞夕刊寄稿「虚無主義をこえて」）。長くなるが引用する。

《今、神戸を訪れる人に、神戸の街はどのように映っているのだろうか。新神戸駅周辺には、今では震災を思わせるものは何もない。震度7地帯だった三宮駅周辺には、さすがに更地や工事現場が残っているが、それもバブル経済時代の建設ラッシュを知っている人には、珍しい風景ではあるまい。

どうやら自治体や大資本による表玄関の復興は一段落ついたようである。神戸は観光都市の風情を取り戻している。外来者はもう震災をほとんど意識することはないだろう。

だが、住民感情としては、しっくりこない部分がある。みな、当時の惨状を忘れてはいない。新しい街並みを見ても、ふと震災直後の光景が脳裏をよぎる。きれいになってよかったという思いよりも、こんなふうに変わったのかという感慨のほうが強い。そして、一見りっぱに復興したようでも、仮設住宅や半壊した個人住宅はまだ多数残っており、負債を抱えた人も大勢いることを知らない人はいないのである。

この、「しっくりこない部分」とはなんだろうか。

震災の影響が見えにくくなっているのは、物質的なものだけではない。人々の心への影響もまた、とらえにくくなっている。私が、精神科の診察室で耳にするのも、震災当時のことではなく、

「今」の話である。震災のダメージは、日々の生活のストレス中に溶け込んでしまっているのである。

もちろん現在の困難には震災から始まったこともある。だが、人々が直面しているのはつねに「過去をひきずった今」なのである》

《私は、「過去をひきずった今」に対する人々の思いのなかに、「虚無感」があるのを感じる。個人にとって大切な人やものを、地震は無残なかたちで崩壊させた。喪ったものは二度とかえらない。生活の再建につまづいた人は、さらに生きづらさを深めている。

人間は運命の前に無力であり、社会は不公平であり、すべての営為、すべての価値は無駄であるという虚無感が、個人の被災の程度にはかかわらず、うっすらと被災地を覆っている。表玄関の復興を歓迎する半面、それがどうしたという気持ちもそのあらわれであろう。ひょっとすると、酒鬼薔薇事件〔連続児童殺傷事件〕の少年もこういう虚無感を少し共有していたかもしれない》

そして安医師は、被災地を覆うこのニヒリズムを戦後日本のある象徴としても捉えるのである。

《私は、この虚無感は、戦後体制崩壊をむかえた現在の日本社会全体に静かに広がりつつあるように思えてならない。社会の上層にいる人たちの不正、少年犯罪の増加、風俗産業の流行には、虚無感を背景にした節度の喪失があるのではないか。震災に見舞われた神戸は、ある意味で現代

日本を、先取りし、象徴する存在でもある》

付属池田小の事件では、行政も警察も研究機関もいち早く被害児童や遺族の「心のケア」に動いた。事件が起こった当日の八日に大阪教育大学は心理学のスタッフら四人を小学校に赴かせ、大阪府警も被害者対策室などの職員五十六人を現地に送った。九日には文部科学省も「心のケア」を充実させるため職員二人を付属池田小に常駐させることを決め、阪神大震災の教訓をもとに作られた「心のケア」の「マニュアル本」を現地に送った。大阪府も同日、池田府民健康プラザ（保健所）に相談窓口を設けて精神科医やケースワーカーを待機させ、通学児童がいる兵庫県宝塚市、川西市、伊丹市の保健所も同様の措置を取った。現地ではさらに大阪教育大学、行政、警察、臨床心理士などが合同して「メンタルサポートチーム」が作られ、児童の家庭を訪問した。大阪教育大学では学生に「心のケア」のためのボランティアを募り、二十六日には授業再開に向けて軽い遊びなどをする「フリースペース」も行われた。八月二十八日には、事件と向き合いながら気持ちを整理していく「トラウマワーク」も始まっている。鮮やかな立ちあがりであり、阪神大震災後の社会のある種の成熟を示したといえるのかもしれない。

けれども、こうした「ケア」が独立したもののように存在し、制度やテクニックで尽きるような受け止め方があるとすれば、そうした社会は危うさをはらみもする。社会のなかで「ケア」は孤立して存在するものではない。ケアとは簡単にいえば「気配り、心配」であり、それが孤立して存在せざるを得ない社会とは、逆に人への気配りが欠けた社会であろう。「心のケア」という言葉が流行語のように行き交えば行き交うほど「ケア」の実態が逆に一般の社会から離れてしまった面は否定できまい。

阪神大震災後、加藤寛とともに「こころのケアセンター」の医師を務め、心的外傷論を研究テーマにするようになった岩井圭司は、こんな話を打ち明ける。

「平成十（一九九八）年の夏に起こった和歌山毒物カレー事件でも行政が被害地域の住民のための相談所をつくりました。でもそれを公立高校のなかに置いたんです。夏休みに、生徒でもない、生徒の保護者でもない人が高校に入っていけば、すぐ事件に関係があるとわかってしまう。しかも校門の前にはマスコミが列をつくっているんです。だれも相談に来ない。和歌山の件に限らず、心のケアをふだんから少しでも考えたことのある人が役所で事務をしているわけではない。「うかうかしていると心のケアについて世間から批判されるから、とりあえずやろう」、と」

「あらゆる被災者援助策について心のケアの視点から専門家が話をするという制度が、日本には欠けています。行政から見ると精神科医や臨床心理士らは「仕事をやらせる対象」、「使う対象」であって、企画したり意見を聞く対象ではない。とりあえず「心のケアの専門家と称する人間を呼んできて据えておいたら、それでケアになる」という発想です」

「震災後、「こころのケアセンター」は神戸市の各区ごとに支部をつくることになりました。ほんとうは神戸市を中地区、東地区、西地区とせいぜい三つくらいに分けてマンパワーを集中させたほうがスタッフの精神衛生の面でもいい。ところが神戸市は聞く耳を持たなかった。「区ごとに差をつけたらいけない」、「保健所に支部を置くなら、保健所長は同格だからおなじように扱わないといけない」、と」

表面のきらびやかな街のよそよそしさと同様に、「ケア」のオートメーションもまた被災地のニヒリズムを助長させてきたのではないか。安医師はさきの「臨床の語り」というエッセイの最後のパラグラフを「おわりに」という見出しで始めているが、そこには「心のケアを超えて」という副題が添えられている。最後のパラグラフはこんなふうに書きはじめられている。

《震災後、マスコミによって、被災者の心の傷の重大さが注目され、それに対して、心のケアの必要性が叫ばれた。それは、日本の精神医学にとっても、今後の災害対策においても、エポックメーキングなことであった。物的被害だけでなく、精神的な打撃にまで、人々の関心が及ぶようになったことは、社会の成熟のあらわれといってよいだろう。

だが、心の傷や心のケアという言葉が一人歩きすることによって、「被災者の苦しみ＝カウンセリング」という短絡的な図式がマスコミで見られるようにもなったと私は思う。その図式だけが残るとしたら、この大災害からわれわれが学んだものはあまりに貧しい。人生を襲った災害の苦しみを癒すために、精神医学的なテクニックでできることはほんとうにささやかなものでしかない》

復興住宅での孤立

気配りや心配が「ケア」という言葉に押し込められ、社会のなかで孤立していかざるを得ないひとつの例が、兵庫県内で約四万八千戸が建設された仮設住宅であり、平成十三（二〇〇一）年九月までに約四万二千戸が供給された災害復興公営住宅（復興住宅）だろう。

《彼女のいる仮設住宅は島〔人工島・ポートアイランド〕の最南端のブロックにあった。その周囲は工事現場のような殺風景きわまりないところだった。海からの強い風が私たちを吹き飛ばそうとした》

《寒々とした暗がりの中の仮設住宅と、きらびやかな〔遊園地の〕大観覧車の対比に私は身震いした。私たちは黙って歩いた》

平成七（一九九五）年十一月の末に神戸市中央区の人工島、ポートアイランドにある仮設住宅を訪問した安医師は、その印象を『心の傷を癒すということ』でこんなふうに書きとめている。平成十二（二〇〇〇）年三月までに仮設住宅は解消され、既存の公営住宅や新しく建設された復興住宅への転居が進んだ。

たとえば芦屋市の埋立地に造られた南芦屋浜団地。市営、県営約八百戸が完成している。団地の中庭には段段畑が造られている。平成十四（二〇〇二）年の初めに行くと、「こどもばたけ」という看板が立てられネギや白菜、春菊が植えられていた。ボランティアによるお茶会も開かれているという。だが訪ねたときまず目に飛び込んできたのは、団地の目の前に金網と鉄条網で仕切られて広がる、土肌が剝き出しになったままの広大な埋立地だった。金網の向こうに冬枯れて茶色くなったセイタカアワダチソウが二本、貧相に揺れている。埋立地のかなたには工事用のプレハブの小屋とクレーンがあるばかりで、造成されてからの年月でできたくぼみに溜池のように水がたまっている。遮るものもない海からの強い風が吹き付けてきて、よろめきそうにすらなる。

約百二十五ヘクタールの広大な埋立地と旧市街をつなぐ橋は三つしかない。バスの往来も一時間にやっと一本か二本。そんな市街地から切り離された人工島に復興住宅の高層ビルだけが林立している。仕事のある人は働きに出ているためか団地内の通りは人の行き来がほとんどない。たまに出会う人も高齢者が目立った。お年寄りはどのようにして、ざわめきと生活臭のあるもとの街に出ているのだろうか。敷地内に二か所、コミュニティプラザという集会所があるが、顔を出している人はそのときは一人だけだった。小数のボランティアをはじめ、この地にかかわろうとしている人は少数でもいる。でもそれはごく少数である。

「災害復興公営住宅の生活の光と陰」（伊藤亜都子ほか、『大震災を語り継ぐ』所収）はこの南芦屋浜団地をはじめ西宮浜（西宮市）、HAT神戸灘の浜（神戸市）の三団地の生活について調査している。平成十一

（一九九九）年六月から十二年二月までの調査で、入居者の孤独な内面が見えてくる。

「新しい部屋は、段差もないし、ベルもあるし、暮らしやすい。しかし、このような団地に住んだことがないので慣れない。自分の家のような気がしないので、前の家のように、帰ってきてほっとすることがない」（南芦屋浜、六九歳女性）

「仮設住宅のふれあいセンターでは、仲良くしていたのに比べて、ここは鉄のとびらを閉めてしまうので、交流しにくい」（灘の浜、七五歳女性）

「仮設のころは、同じような境遇でいたわり合って、一つのものを分け合って暮らしていた。つきあいもあり大事にしてもらった。〔略〕今は、震災前の長屋や仮設住宅のようにはいかない。ドアを閉めているから話をするきっかけもない」（灘の浜、八四歳男性）

「ここは、ドアを閉めてしまえば刑務所と一緒で、知り合いもいないし顔ひとつ見ることができない。仮設住宅にいる時は、ドアを開けたら誰かがいてよくしゃべっていた。仮設のほうがよかった。みんなが声をかけてくれた。ここらでは、誰にも話しかけられない」（灘の浜、八九歳女性）

安医師が慄然とした仮設住宅よりもさらに復興住宅が孤独だと訴える人がいるのである。

こころのケアセンターは被災地の保健所を拠点にしながら臨床心理士や精神保健福祉士、ソーシャルワーカーらによる相談活動をおもな業務としてきた。単に相談ごとを抱えた人が保健所にやってくるのを待つのではなく、仮設住宅や復興住宅に積極的に出かけていく訪問相談に重点を置いた。

センターの五年間の活動のあいだ、初回相談を受けた時点で被災者が住んでいた住居の内訳は、仮設住宅が千六百十八人、復興住宅が六百三人である。睡眠障害や不安・イライラを訴える人は、仮設住宅のほうが多い。しかしそれなりに快適でプライバシーの確保された復興住宅に移り、生活が「安定」したとみなされるようになっても、約一一%に「PTSD特有の症状」が、約二二%に「鬱状態」がみられた（「こころのケアセンター活動報告書平成11年度　5年間の活動を終えて」）。

センターが「こころのケア研究所」となったのちの平成十三（二〇〇一）年、研究所は「PTSD遷延化に関する調査研究報告書」を発表した。平成十二年十一月から十三年二月までに神戸市の復興住宅に住む六十八人に面接調査した結果、十四人に完全なPTSD症状があり、部分的な症状が見られる人も十八人いた。こころのケア研究所の医師、加藤寛はいう。

「いくら（心のケアをめぐる）法律が整備されても、それは最低限のことしかできない。日本は、とくに都市部ではお互いに知らないふりをすることのほうがいいような社会になっているんです。お互いに助け合うといったことがなかなかできない。これは日本に限らないことでもあるんだけれど、外国では民間団体や赤十字がうまく引き受けて社会に還元していこうとするんです。日本でもボランティアの活動を見ているとそういう気運はあると思うのですが、なかなか社会に定着しないですね」

「こころのケアセンターは、現場に出かけていって、寄り添って、現場のニーズに応えようとずっとやってきました。被害にあった当事者が求めている心のケアと、専門家、社会、マスコミが考えている心のケアは少しずれている気がするんです。被害にあった人は「心のケアなんていらんから、暮らしの安定と、安全と安心がほしい」という。基本的な権利を取り戻して穏やかになりたいと思っているんだけど、マスコミが強調するのは「カウンセリングが必要、治療が必要」とうことです」

平成十四（二〇〇二）年一月十六日付の朝日新聞大阪本社版朝刊に、ある復興住宅に暮らす六九歳の女性のコメントが掲載されている。

「寒いけど、集まる所がないんやからしゃあない。「コミュニティ」なんて名前だけ。ここは「姥捨て山、終の棲み家」や」

このつながりのなさはしかし被災地に限ったことではなく現代の日本社会そのものの縮図でもあるだろう。安医師が去ったあとの家族も、同質の孤立を味わっていた。

真珠のように　平成十三年、夏

六月下旬。朝から真夏の日差しが神戸の道路に照り付け、アスファルトの焼けるようなにおいがする。公園の緑が歩道のところどころに夏の際立った影を落としている。少し風があって木陰ではわずかに心地よさを感じるのだが、安家への坂道をあがるだけで汗びっしょりになる。

秋実の成長ぶりはめざましい。何回かに一回だけだった寝返りも、いまは自由にできるようになった。あおむけからうつぶせになれるし、うつぶせから逆になることもできる。うつぶせの姿勢で肘を使って頭の向きを変えることもできるようになった。それと寝返りを組み合わせて、行きたいところに移動もする。末美が気づくと、寝かせておいたのとは別の思わぬところにいることがあるという。いまはベビーベッドのなかで、おもちゃ箱から小さい熊のぬいぐるみを出して遊んでいる。淡いピンクのハート柄の肌着が涼しげだ。「あちゃちゃー」「ちゃちゃちゃーん」。文字にすればそんな声で盛んにおしゃべりをしている。離乳食も昼と夜の二回に増えた。

安医師の遺影の前には、画用紙で手作りされた眼鏡スタンドが供えられている。父の日のためにと、晋一が幼稚園で作った。水色の紙に黄色や青で描かれたあじさいの花。ピンクの小さいリボンも付けられている。飛び出す絵のようなしかけでお父さんの似顔絵が描かれ、「アリガトを（ありがとう）」という言葉がたどたどしく添えられている。

十七日の日曜日には幼稚園で父親参観があった。晋一は「かわりにママが来て」とせがんだが、末美はどうしても行く気になれなかった。外で父子の姿を見るだけでもつらいのに、多くの父親に混じって自分が参観するということを考えると、たまらない気持ちだった。

晋一は父の日が近づいたころ、末美によく聞くようになっていた。

「なんでパパ、死んじゃったの？」「ママはパパが死んだとき横にいたんだから、なんで死んだのか知っているでしょ。教えて」

末美にも答えられる言葉がなかった。

「なんでかな……。ママもわからない」

そう答えるのがやっとだった。

末美は一年前のことを思い出すことが多くなっていた。六月、西市民病院の病室で笑顔さえ浮かべて自分が癌であることを告げ、「がんばろうね」と抱きしめてくれた夫。二人で手をつないで歩いた大神（おおみわ）神社の青々とした緑。思い出すたびにやっぱり涙が込み上げてきた。

「あのころはまだいまより幸せだったと思います。主人がいたから」

伏目がちに、そうぽつりといった。以前のように安医師が玄関の扉を開けてふっと帰ってくるような気がすることがありますか、と聞くと、「もうなくなりました」と答えた。

一生懸命、夫がいないつらさに耐えている。でも、大震災で子供を亡くした母親たちが高木慶子のアンケートに打ち明けたのとおなじような苦しみを、末美もまた味わうようになっていた。

どんなふうにということまで踏み込んで聞いていないし、ここで書く必要もあるまい。だが、子供を亡くした母親たちがどんな言葉に傷ついたか、もう一度思い出しておきたい。「がんばって」「一日も早く忘れて」「あなたはまだ若いのだからこれからよ」などの言葉。時がたったのだから元気になっているように期待されること。わかったふりをした慰めの言葉や態度……。

外出も尻込みするようになっていた。人が大勢集まるところはとくにいやだった。話しかけられるのはいやだし、かといって無視されるのもいやだ。心ない言葉に怒りがわいてくることもあった。

「どうしたらいいのか、わたしにもわからないんです」

そう語る声はとても小さかった。

安家のマンションの鉄の扉が重たく感じる。「ロタ」の村田麗子やごく少数の人のほかは安家を訪ねる人も少なくなっていた。そんな一部の人と、秋実と恭子と晋一とが、末美の生きる力になっていた。

安医師と親しかった人たちは、それぞれのやり方でできることをしようとしていた。研究仲間は遺稿集の整理に取りかかり、また神戸で「つどい」と題した研究会を開くことにした。安医師をしのぶ研究会である。

村田たちは遺児のために「見守り基金」という活動を始めていた。なんの強制もなく、安医師とかかわりのあった人がしたいときにしたい額だけ積みたてていくというものだった。末美にはしかし戸惑う気持ちもあった。一月、四十九日の法要のとき基金を作りたいという相談を受け、気持ちはありがたく感じた。「思ってくださるのはとてもありがたいんですけど……でも、お金となると現実的だし、あまり気持ちが進まなくて」。二月にはそんなふうにもらしていた。末美の戸惑いとは関係なく基金に振りこまれるお金はどんどん増え、かといって手をつける気にもなれず、戸惑いはふくらんでいった。基金とは違ったところでときどきさりげなく手紙をくれる人がいて、そんな気遣いが嬉しかった。

リビングに寝かされていた秋実はやさしい色の声で、「ぱあ、ぱあ、ぱあ、ぱあ」としきりと話している。末美は娘に目をやり、「お話ししてるの？」とやさしく話しかけた。秋実は母親を見上げ、雲間からさっと日が差したような笑顔を見せた。

＊

夏の輝きは増す。連日、猛暑が続いている。プラタナスの葉が歩道に濃い夏の影を落とし、路面のぎらぎらとした照り返しを際立たせている。七月下旬、恭子と晋一は夏休みに入り、安家はにぎやかだった。それまでリビングに置かれていたベビーベッドは和室に移されている。

秋実ははいはいができるようになった。まだ体を引きずるようなはいはいで、ちょっぴり斜めに進んでしまうのだけれど、力を込めて、一生懸命前に進んでいく。

「こんなんやで、こんなんやで」と、恭子が這うまねをしてくれる。晋一は「ママ、アイスがあったら食べていい?」と聞き、末美が「いいよ」というと姉弟はもつれるようにしてキッチンに飛んでいった。置いていかれたと思ったのか秋実は泣き出したが、末美が抱き上げ赤ちゃんせんべいを与えると、無心にほおばった。末美はやがて膝の上に秋実を抱いて立たせた。ついこのあいだまで、立たせると足がくがくしていたのに、いまはしっかりと立っている。

一見、みんな元気そうに見える。だがだれもが心に痛手を負い、重い鉄扉の内側でひっそりと、いたわりあいながら生きているのだ。恭子は父親の死後、何度か原因不明の熱を出した。ぼくが安医師について新聞に書いた文章がもとで、家の外でからかいを受けもしたという。申し訳なさと憤りがないまぜになった。どこまでこの家族を傷つけたら気がすむのだろう。

末美は苦しんでいた。いまも心ない言葉が矢のように浴びせられることがあった。輝きを増す夏の神戸で、孤立感も深まった。一部の人が足しげく訪ねてくれ、見守ってくれていた。だがさまざまな感情が末美のなかでないまぜになるのだった。自分一人が夫の詳しい病状を知らずにいたことも、いまとなっては自分が一人ぼっちで置かれていたように思えた。

「だれが見ても……だれが見ても、彼の余命はもうほとんどなかった。それに気づいてなかったのはわたしだけだった」

あとになってそう語ってくれたが、その声は涙で引きちぎれそうだった。叫び声といってもよかった。怒るのはやめようといつも思いいった。でも、「一人ぼっちだ」という思いは澱のように胸に残るのだった。

次にぼくが安家を訪ねたのは八月末になっていた。

恭子は夏休みの工作に橋の模型を巧みに作った。晋一の幼稚園では工作の宿題はないのだけれど、お姉さんが工作をしているのを見て自分もしたくてたまらなくなり、末美と恭子に手伝ってもらいながらコリントゲームを作った。これもじょうずにできた。

「せーのーで。ゴールに入るから」

晋一は自分が作ったコリントゲームを誇らしそうに持ってきて、玉を打った。恭子は手を真っ黒にしてお絵かきをしている。ひたむきに、若く幼い家族は生きていた。

気がつくと、にっこり笑った秋実の口に白いものが見える。下の前歯が生えかけていた。七月下旬に一本がのぞき、八月に入ってもう一本が生えてきたという。透き通った、真珠のような歯である。

つかまり立ちもするようになっていた。八月に入ったころ、父親の遺影がある和室を晋一がのぞくと、ベビーベッドのなかで秋実は柵につかまって立っていた。

「ママー、見てー」

晋一は大きな声を出した。末美は飛んできて、うれしい驚きの声を上げた。まだ足は揺れていたけれど娘はしっかりと立っていた。写真を撮った。夫に見せたかった。

しばらく、恭子、晋一をまじえて秋実の話で盛り上がった。

「成長ぶりは目覚しいです。嘘泣きもするし。抱いてほしいときにね」と末美。

「それで行ったら、涙、ひとつも出てないの」と恭子。

そのときなぜだか秋実は激しく泣き出した。恭子が抱き上げ、晋一は赤ちゃんのおもちゃのラッパを持ってきて秋実を元気づけようと、ぷうぷうと吹いた。

「晋一は、秋実が泣いたら、「どーしたんだー」て大きな声を出すの。そしたら秋実はけろっとして泣くのをやめる」と恭子。末美はくすくす笑った。

「どーしたんだー」と、晋一は節をつけるようにいった。

母親に抱かれて泣きやんだ秋実はじっとこちらを見ている。しばらくして「ふっ」という小さい声を立てて、にっこり笑った。「あ、笑った」と末美がほほえんだ。しばらくぼくが見つめていると、恥ずかしそうに母親の肩に顔を埋めた。

若く幼い家族は、ひっそりとひたむきに、肩を寄せ合って生きていた。

震災遺児

安医師は阪神大震災で親をなくした子供についても思いをいたらせていた。安医師自身が震災遺児のケアに当たったという記録はない。だが多重人格の治療を通じて患者の幼少期のトラウマに接しつづけ、考えてきた安医師にとって、震災で親を亡くした子供たちの心の傷つきは人ごとではなかった。『心の傷を癒すということ』では、「あしなが育英会」の活動について触れられている。「あしなが育英会」は交通遺児や病気で親を亡くした遺児らに奨学金を出している団体であり、大震災の直後から大規模なローラー調査を行って五百七十三人にものぼる震災遺児を確認した。遺児の文集を中心に育英会がまとめた『黒い虹』に即して、安医師は著書でいくつかの点を書きとめている。親を亡くした子供たちが、悲しみだけでなく、自分が生き残ったことへの強い罪悪感を抱いていること、低年齢ではこの罪悪感は空想的な思考に結びつくことがあること。また、子供の心的外傷がアトピー性皮膚炎や喘息の悪化、自律神経症状などの身体症状に現われることがあること、幼児返りやわがまま、無気力、登校拒否などの変化が見られること──など。そして安医師は、そうした遺児たちにいちばん大切なのは生き残った家族同士の良好な関係だが、大震災でさまざまな人間関係の変化が生じていてそれが難しくなっていることに注意を呼び起こしている。

《親が被災で傷ついているとき、どんなに明るくふるまっていても子どもは傷ついている。そのことに気づき、親の役割をサポートし、家族を社会的孤立から救うことが、なによりも必要なことなのである》（『心の傷を癒すということ』より）

「家族を社会的孤立から救う」。それはかなえられただろうか。

「あしなが育英会」は平成十二（二〇〇〇）年八、九月に震災遺児への大規模な追跡調査を行った。その時点で十六歳以上となっている二百九十九人のうち、百二十一人がアンケートに答えている。震災遺児への大規模な直接の調査はこれが初めてである（「震災遺児の心と生活にかんする調査──平成12年度調査結果報告」）。

家族の死について、「さびしい」約五二％、「悲しい」約四六％、「納得できない」約二六％、「かわいそう」約一八％、「無力感」約一五％と、多くの遺児がいまなお言うにいわれない感情を持っていることが如実に表れている。

目を引くのは、震災体験を友人と話すか、という設問に対する解答である。「以前は話したがいまは話さない」が約二八％、「以前もいまも話さない」が約三七％。合わせて約六五％にものぼる子たちが、震災体験を友達とも話すことがない。アンケートの自由記述に書かれた遺児の言葉には、取り残されたような孤独な思いがにじみ出ている。

「自分のことを考えようとすると何も思いつかない。忘れてしまう。あいまいな表現になる。無意識に閉じこもっているのかもしれない。人に話す時も同じ。心から「つらい」とか「うれしい」とかいえない。「面倒くさい」という理由が一番楽だから。その言葉で済ますようにしていたら、感情が表現できなくなってしまった」（二一歳男性）

「自分一人で考える時間をもてるようになった。しかし、悩んだり泣いたりするのが怖くなった。しんどくなった。自分の悩みは人を頼らず自分で考えたいと思うが、本当の所は、この先、悪い道に進むのではないかとか楽しいだけでいいんかとか、不安になったり、嫌な子、優しくない子だと自分をせめてしまいます」（二二歳女性）

あしなが育英会の担当者（平成十三年当時）はいう。

「たとえば震災のとき神戸市東灘区で両親を亡くして、北区の祖父母のもとで暮らしている子がいます。中学生になりましたが、いまだに両親を亡くしたことを友達にもいっていない。高校受験で願書を書くとき、保護者欄に祖父母の名前を書かないといけないんですが、姓が違う。人に見られないように、手と体で覆うようにして隠して書いたといっていました」

どこかで親を亡くしていることを話すとそれがうわさとなって伝わり、自分が違った目で見られる気がする。あるいは友達のあいだでも、話した瞬間にその場の空気が重くなる。家族のあいだでも、自分が泣けばほかの家族が泣いてしまうから、がまんしないといけない気がする。街は「復興」の一点張りだ――。こんなふうにして遺児は、喪失に伴うさまざまな感情をだれにも語らず封じこめていくのだという。

「復興の十年計画がいわれましたが、街は復興しても心の問題は十年ひとくくりで解決するものではないんです。復興、復興といわれて、いまだに死別体験に苦しんでいる人は、それを抱えている自分をみじめに感じてしまう。よけいに孤立感が深まってしまうんです」

あしなが育英会は平成十一（一九九九）年、神戸市東灘区に震災遺児の施設「レインボーハウス」を完成させた。担当者はそのディレクターである。遺児たちが気楽につどい、遊ぶ。遊びを通じながら、ふだんは押し殺している感情を外に出し、言葉にして、おなじ体験をした者たちで分かち合っていく。これは「心のケアプログラム」、内部では「グループタイム」と呼ばれる。年齢別や性別でグループに分かれ、それぞれ月に二回の集まりが持たれている。

施設内には遺児たちが車座に向かい合って座れるようにソファが円形に並べられた「おしゃべりの部屋」、小さい子供たちがごっこ遊びをできる「ごっこ遊びの部屋」、昂じた感情を発散できるようサンドバッグが吊るされた「火山の部屋」など、さまざまな部屋がある。遺児たちはそこで遊んだり会話を弾ませたりしながら、ふと「死んだお父さんはこの色が好きだったよ」などと、封じこめていた感情を外に出していくのである。いま、四、五十人の遺児がグループワークに参加している。グループワークにはボランティアが付き添う。あるていどの訓練を受けた主婦や学生、サラリーマンら一般の人で、遺児たちが心の内を外に出していくことの手助けをする。ほかにも、夏休みや冬休みなどにセンターの内外で行事を行い、ふだんはセンターに通えない遠方の遺児らも孤立させないよう目配りしている。

震災直後から継続的に遺児の支援に取り組み、寄付金や募金によってレインボーハウスの開設にこぎつけ、その後も地道に遺児へのサポートを続けているあしなが育英会の活動は、特筆に価する。つらい体験をした当事者から黙って話を聞くこと、体験をした当事者同士でその体験を分かち合っていくことの大切さは、安医師も『心の傷を癒すということ』で再三にわたって指摘していたことでもある。

――令和元年付記　「あしなが育英会」に関する部分は、最小限度の編集を加えた。担当者はすでに育英会を去り、連絡がつかない。しかし当時示してくれた意見は大切なものだからである。担当者はこのような指摘もしてくれている。

「プログラムをしているからケアが成り立つというものではない。事務室のすみで遺児とお茶を飲んで雑談するとか、そういう積み重ねがないとケアは成り立たない。震災のあと、なにかあると必ず

「ケア・チーム」が結成されてどっと送りこまれますね。でも最初から専門家が行くと、子供たちは逆に「自分たちはおかしいんだろうか」と思ってしまう。専門家じゃなくても、ふつうの市民ボランティアでもケアの手助けはできると思うんです」

「(話を聞くという態度が地域社会の一般の人に)なくなっているんでしょうね。ほんとうは病院や専門家がやる仕事じゃなくて、地域の人が「話を聞く」という姿勢を持っていれば、子供のケアは地道にできると思います」

一歩　平成十三年、秋

九月下旬。残暑のあいまにふとほおをかすめる風が神戸に秋の気配をもたらしていた。安家。姉弟は小学校、幼稚園に行って、いない。いつも姉弟は遺影のお父さんに「行ってきまーす」とあいさつをして家を出る。

その日訪ねると、和室の祭壇は本箱の上に移されていた。九月になって秋実が盛んにはいはいやつかまり立ちをするようになり、あるとき祭壇をひっくり返してしまったという。秋実の成長ぶりはいよいよめざましい。もう、はいはいよりもつかまり立ちをしたくてたまらないようだと末美はいう。最初はしょっちゅうひっくり返っていたけれど、いまはそれほど倒れなくなった。離乳食は三回になり、体重も八キロを超えた。歯はまだ下の前歯二本だけ。でもパンもそのまま食べられるようになった。

言葉も理解しているらしい。末美が「バイバイして」というと、バイバイと手を振る。「じょうず、じょうずして」というと小さな手で拍手するようにしてじょうず、じょうずをする。「まんま、まんま」とも話すようになった。

「それがごはんのことか、わたしのことかはわからないんですけど」

末美はそういって少しほほえんだ。

外に出ていて突然、発作のように涙が込み上げてくるようなことは最近あまりなくなったという。でもなにかにつけて、一年前、秋の訪れとともに体調が悪くなっていった夫のことを思い出す。「いろいろつらくて……。主人がどんな気持ちですごしていたのかなと思ったり。わたしにもっとできることがあったんじゃないかな、と思ったり。後悔もあるし……あまり思い出したくないんですけど」

そんなふうに語ってくれながら言葉はやはり震え、語ってくれたあとは静かなすすり泣きが続くのだった。

感情の激流のようなものはおさまってきたといっても、なにをしていてもふっと夫のことを思い出す。ぞうきんがけをしているとき。せんたくものをたたんでいるとき。ふっと、夫のにこにこした顔を思い出す。

十日は末美の誕生日だった。なつかしむような声とまなざしで末美は、一年前の誕生日のことを語ってくれた。「プレゼントなにがいい？」と、ずっとにこにこしながら聞いてくれた夫。「いってくれないとプレゼントできないから」といってくれた夫。「なにもいらないから元気になって」と頼みました——そう一年前のことを話してくれたとたん、末美は涙声になった。そしてささやくような声で続けてくれた。

「そしたら主人が……「それは難しいから、なにか物でいって」って」

　ほおを幾筋も涙が伝わった。

　二重の意味で「一人ぼっちだ」という思いも末美を苦しめていた。「もうあと二、三か月したら彼の命日が来て。一年がたつんです。そうすると「一年たったから」って……。でもわたしは、初盆が来たって一年がたったって、それは……そんなにすっきりと感情は整理できない。わたしの気持ちをわかってくれる人は、もう……」

　さっきの涙とは違い、悔しさを押し殺すような涙声でその言葉は震えていた。「いまはすごくしんどい。疲れて、あまり人と会いたくない」。そんなふうにも語った。

　秋実はおもちゃのラッパを口にして、盛んに「プー、プー、ププー」と吹いている。そんな姿にときおり末美は目をやり、涙の笑顔になって秋実にほほえみかけるのだった。お母さんの膝の上に抱っこしてもらった秋実は、こんどは机の上に置いてあった箱からティッシュを一枚引っ張り出し、びりっと破って得意そうな笑顔を見せた。生えたばかりの白い歯がのぞいている。

　アメリカで同時多発テロが発生。日本で取られた「心のケア」への対応はまた迅速だった。文部科学省は被害地域の日本人学校などに、心のケアについてのマニュアルをすぐさま送り、発生から四日後には日本人学校の職員らにカウンセリングの技術を指導するため臨床心理士を派遣することを決めた。ニューヨーク現地の教育文化交流センターでもカウンセラーが採用され相談活動が始まった。厚生労働省も現地に精神科医らの医療チームを派遣することを決めた。ぼくは末美にこうした動きについてどんな感想を持っているか聞いてみた。

「専門家じゃないからよくわからないけど、心の傷に注目するのはとても大切だと思うんです」。慎重に言葉を選びながらそういったあと、「でも、でも」と少しためらって続けてくれた。

「でも、一人ずつ違うから、気持ちは。統計とか平均ではなく、一人ずつ対応してあげてほしい。(「心のケア」に関連する)制度は大切だと思う。制度がないと支えてあげられるものがないから。でもやっぱり……社会や政治だけじゃなくて、周りの人たちの接し方だと思う。「もし自分だったら」と置き換えて考えたら、口に出せないこともあると思う。特別扱いをしてほしいとか、そういうことじゃないんです。なにかをしてほしいわけじゃない。でも……どういったらいいか……」

――少なくとも、傷つけることはやめてほしい?

「そうですね。悲しいことがあった人たちをあとから傷つけるようなことは、やめてほしい」

恭子と晋一の話にもなった。以前、夏に別の場で話をする機会があったとき、「子供には子供の人生を歩んでほしい」といっていた末美の言葉がずっと胸に残っていて、考えを聞いてみたかったのだ。しばらく間を置いて答えてくれた。

「早くにお父さんを亡くしちゃったから……それだけでもつらいですよね。これから「お父さんがいたらな」ということがいろいろあると思うんです。でも、そういうことを乗り越えていく強さも……持ってほしいと思うんです。「パパは立派な人だから、偉い人だから」って子供がいわれるんだけど、わたし、子供たちにパパみたいになってほしいとは思ってはいない。子供の人生は子供自身の人生。そうやって一生懸命生きていくことを、主人もやっぱり願っていたと思うんです」

悲しみはなくならない。けれどもこの人は、細い体に持ちきれないようなさまざまな悲しみや苦しみを抱えながら、懸命に歩もうとしているのだった。

＊

安家に向かう坂道を折れ曲がったところに大きな楓の木がある。夏の盛りに滴る緑の影を落としていたその楓が、いまほんの少し色づきはじめている。十月半ばの午前中の空は雲ひとつなく晴れ渡り、澄んだ秋の気配を神戸の街にもたらしている。

秋実はお昼寝の最中。淡い水色のふとんから頭の横に左手を軽く結んで出している。一人歩きはまだだけれど、さかんに伝い歩きをするようになった。積み木の入った手押し車を押して歩きもするという。やんちゃもするようになった。末美が洗い物をしていて、リビングで妙に秋実が静かなのでのぞいてみると、ティッシュを箱から全部引っ張りだしてびりびりと破っていた。ティッシュの山に囲まれて秋実はにこにことご満悦だった。

日曜日には叔母と一家で、車で一時間ほどのフルーツ・フラワーパークに行ってきたという。果樹園などの体験農場や小さい遊園地がいっしょになったテーマパーク。晋一は末美の膝に乗ってゴーカートを走らせ、大喜びした。家族連れを見ても、夏ごろまでそうだったようにつらくてたまらないという気持ちは末美のなかで薄れていた。仕事の関係で父親がいなかっただけかもしれないけれど、別の母親が子供三人を連れて歩いている姿を見て、「わたし一人じゃない」と思ったりもした。

けれどもなにかにつけて、夫の記憶はふとよみがえった。秋実をおふろに入れていると恭子が小さかったときのことを思い出す。夫はよく長女をおふろに入れてくれた。子供が大好きで、いつもにこにこしていた。おふろのなかでよく歌も歌っていた。あるいは恭子がぐずってなかなか寝つかないとき。夫は寝かしつけるのもじょうずだった。赤ちゃんの恭子の隣に添い寝して足の裏を軽くマッサージするようにすると、恭子はすやすやと眠りに入るのだった。

なつかしい気持ちになるときもあれば、寂しさが募ることもあった。夫がいるころは子供が早く寝てくれるとうれしかった。夫とお茶を飲みながら他愛のないおしゃべりをするだけだけれど、それが楽しかった。いまは子供が先に寝ると一人ぼっちになる。三人の子供を育てながらやっていけるだろうかと、将来への不安も出てくる。

夫が元気なあるとき、こんなこともあった。末美と知人のあいだでちょっとした行き違いがあり、「いきさつを説明するから、客観的に聞いてどっちが間違っているか教えて」と夫にいった。夫はにこにこしていった。「君が間違っていてもぼくは君の味方だから、客観的には話を聞けないよ」。そんなふうに味方になってくれる人はもういない。

それに空気に冷たい気配が混ざりだすと、どうしても一年前のことを思い出した。少し前、晋一の通う幼稚園でおいもほりがあった。一年前、掘り出したおいもを晋一は持ち帰って「晋ちゃんの掘ったおいもやから、おいしいから、食べて、食べて」と得意そうにいった。体調が悪化していた安医師だったが、うれしそうに息子が掘ってきたいもを食べ、「おいしいよ」とほほえんだ。

そんな記憶が、弱くなっていった一年前の夫の記憶を次々と呼び覚ました。末美はつらくてたまらない気持ちになるのだった。外に出てもずっとうつむいて歩いていた自分の姿も思い出した。後悔も、自分を責める気持ちもやっぱりあった。

語りは涙で途絶え、沈黙とすすり泣きだけがしばらく続いた。

秋実は起きだし、お母さんにちょこんと抱かれている。すすり泣く母親の膝の上から、真剣なまなざしでじっとこちらを見ている。「お母さんを泣かせてはだめ」。そんなふうにとがめられているような気がしてくる。


よくお昼寝したせいか、その日いくつかの話を聞いている間、秋実はずっとご機嫌だった。

テーブルに置いたボイスレコーダーに興味を示し、母親の膝の上からしきりと手を伸ばそうとした。好奇心いっぱいのようすで目を見開いていた。あるいはティッシュを引っ張り出し、またびりびりと破ってにこにこしている。「おもちゃで遊ぼうね」と末美は秋実を座らせ、小さいバケツを持ってきた。赤、ピンク、青、緑など色とりどりのプラスチックのリングが入っている。末美がそのリングで作ってやった首飾りを秋実の首にかけてやると、「きゃっ、きゃっ」といいながら両手いっぱいにその首飾りを握り、にこにこしているのだった。

再び、テーブルについた末美が娘の両脇を支えて膝の上に立たせた。二、三日前、上の前歯も生えてきたという。兄の指をかみ、驚いた晋一が「秋実、歯がはえてる」と大声を上げた。離乳食はまだおかゆだが、野菜などはすりつぶさずに少しやわらかめに調理するだけで食べられるようになった。赤ちゃんビスケットもかりっとかんで食べられるようになったという。

安医師が秋実と名づけた小さい子は、じっとこちらを見ている。末美が「じょうず、じょうずは？」と促してくれる。いつもなら小さい手でぱちぱちと拍手するのだけれど、促されると恥ずかしそうに顔をくるりと回し、母親の腕にうずめた。

しばらくして顔をこちらに向け、やっぱり恥ずかしそうな表情だけれど小さく笑いながら、じょうず、じょうずをしてくれた。

「在日」のトラウマ

安医師のもうひとつの顔、在日韓国人としての側面に触れておきたい。プライベートな生活史に必要以上に立ち入るつもりはないが、在日としての生い立ちは安医師の感受性を形成する上で大きな意味を持っていたように思われる。安医師は人々のトラウマに繊細すぎるほどセンシティブだった。在日として生まれ育つなかで、安医師は人の心の機微への感受性を研ぎ澄まさざるを得なかったのだろう。

《僕は在日韓国人として生まれた。二つの祖国と、極度に日本化した自分との間で失われたアイデンティティを回復しようとする僕にとって、戦争は昔のつらかった一時代というだけではすまされない。自分というものについて考えるとき、第二次世界大戦と朝鮮戦争は避けられない事実としてそこにある》

（「戦争について思う」）

『朝日ジャーナル』昭和五十三（一九七八）年八月二五日号の読者欄に安医師はそんな文章を投稿し、採用されている。当時十七歳、大阪の名門私立高校の三年生だった。そのときすでに、通名の「安田」ではなく「安克昌」を名乗っている。

父親の安喆中（あん・てっちゅう）は戦後、日本で金融業を手がけて成功し、事業の幅を広げて大阪市内にホテルを何軒も経営した。八〇年代には韓国・済州島に高級ホテルやショッピングセンターも進出させた。バブル経済が破綻してからは事業も傾き、借金を残して平成九（一九九七）年、安喆中は癌で他界する。

兄の俊弘の記憶では、幼少期、思春期に兄弟が在日であるがゆえの不愉快な軋轢を感じたことはそれほどないという。むしろ経済的には恵まれた環境だった。ただ父親は厳格で、ときに激情をほとばしらせた。兄弟が仲良く遊んでいる。夜、父親が帰宅する車の音が聞こえてくる。父親は当時としては稀少なベンツに乗っていて、太いエンジン音の響きが家のなかまで伝わってきた。すると穏やかな家の空気がぱっと変わる。兄弟は緊張した面持ちで父親を出迎えに行く……。小学校一、二年のころ父親に階段を引き摺り下ろされていた安医師の記憶も俊弘には残っている。朝、安医師がなにかぐずぐずいっていて、「服を着て学校に行け」と大声で怒鳴られていた。

在日として苦労をなめてきたからこその思いが、息子たちに反転して仮託されたという面もあったのだろう。経済的に成功してからも、小さい子供たちに「おまえら新聞配達でもしろ」とよくいっていた。長じてからは兄弟三人を座らせ、感情を高ぶらせながら朝まで延々と説教が続くこともあった。

成洋によると、安医師はそんな父親への反抗心がとても強かった。安医師が精神医学の道を選んだとき、なんの相談もなかったことを父親は激しく叱責した。安医師は「医学はお父さんのようなビジネスの世界とは違う」と言い返し、父親は「俺の仕事のこともわからないくせに偉そうなことをいうな」と大喧嘩になった。物も飛んできた。だが安医師は「自分の道を選ぶんだからそんなことをいわれる筋合いはない」と頑として引かなかった。目は怒りに燃えていたという。

安医師が高校二年のとき、すでに大学に進んでいた俊弘は「安田」から「安」を名乗った。その兄の影響もあり安医師も「安」を名乗るようになる。青年期は「在日」のアイデンティティを模索し、葛藤した時期だった。大学時代にはソウルに留学もしているし、短期の滞在も含めて何度も韓国を訪ねている。ハングルを学び、韓国の文化や風習を身につけようとした。

ソウルへの留学中に親しくなった姜邦雄ら在日の友人仲間とは、打ち解けて親しい交際が続いたが、在日であることの思いや悩みを安医師が打ち明けることはなかった。「ぼくらはお互いに日本人とは違うなかで生きてきた。それは大前提としてあるんです。そのうえで「あいつは本名でがんばってるやん、おれだって」という、お互いへの敬意のようなものがある。でもそれは暗黙の前提のようなもので、いまさら在日のことについてあえて口に出すということはないんです」と姜はいう。

中学時代からの安医師のいちばんの親友である名越康文とは、別の大学に行くようになってもしばしばしば会っていた。お互いに二十歳のころ名越が遊びに行くと、安医師はいった。「じつはこのごろ韓国に何回も行っている」。へとへとに疲れたような顔で続けた。「絶対無理や。ぼくたちは日本で育ってる。韓国人と自分たちは違う」。名越には、親友が二つの祖国のあいだをさまよいながら、韓国に行けば行くほど葛藤や疑問に直面したり、傷ついたりしているようにも映った。

名越の記憶に残る中学、高校時代の安医師は反逆児で、嫌いな教師は一切受け入れずとことん嫌った。どちらかというとこわもてのタイプであり、名越の前で泣いたことは一度もない。大震災の被災地でぼろぼろと涙を流していた、ぼくの記憶に残る安医師の像と名越の記憶のなかの像は一見、正反対なのだが、すぐに重なってきた。名越はいった。

「彼はもともと、どうしようもない傷つきやすさというか、センシティブさが根っこにあったと思います。傷つきたくないから（中、高校時代にそうだったように）他者を受け入れない。大震災をきっかけにして心が開かれたという感じじゃないでしょうか。すごく傷つきやすくてセンシティブな部分が自分のなかにあって、それを遮断しないと生きていけないようなところがあったんだけど、震災のときにそれが他者に向かってぱっと開かれてしまった。彼のトラウマが他者のトラウマに向かってどんどん開かれていったんです」

だから仕事をやりすぎてしまったのかなあ……と、名越は親友の早すぎる死に口を固くかんだ。

結婚してからはことさらに夫婦のあいだで在日の問題について議論するようなことはなかったけれど、末美とはもちろん折に触れて話題が出た。末美も韓国籍である。末美が中学生のときから、クラス替えなどのたびごとに自分が在日であることをカミング・アウトしていたと知ったとき、その強さに安医師は驚いた。安医師は高校二年までずっと「安田」姓だった。「ぼくは高校までずっと悩んでいた」と末美に打ち明けた。

安医師は小学校の低学年からつけていた日記を、大人になっても大事に残していた。末美がそのページをめくってみると、いつもおなじ文章が出てくるのだった。

「ぼくにはほんとうの友だちがいない」

一年生のときも二年生のときも、三年、四年、五年生になっても、日記には「ぼくにはほんとうの友だちがいない」と書きつけられていた。末美に打ち明けたことがある。小学校のころから勉強はできていたので、ほかのお母さんたちが「安田君と遊びなさい」といってクラスメートが遊びにきた。

「でも「ぼくはほんとは韓国人なのにな」といつも思っていた」

安医師自身が自分の在日としての生い立ち、父親との葛藤を成長してからどうとらえていたのか、詳しいことはわからない。神戸の医師仲間にも、ことさらに在日問題について話してはいなかったようだ。安医師夫妻の仲人を務め公私ともに親しかった山口直彦は、あるとき「ぼくはアダルト・チルドレンだから」と話した安医師の記憶が残っている。冗談半分の口調だったがそれだけでもないように山口には思えた。「父親とのことをいっているのかな」と山口は思った。

山口と安医師は年齢が二十歳も離れていながらジャズを愛し、飲めば互いに痛飲するよき友人でもあった。安医師も実直な人柄の山口を愛し、心を許していたのだろう。大震災前のあるとき、酒の席で在日の話になった。「在日だから差別するといった発想は頭のすみっこにもない」と山口がいうと、安医師はこう語ったという。

「そうはいっても、（差別を）受ける側には頭のすみっこにどこかあるんです。それは在日でなければ、いってもわからないことです」

その山口の前でも、在日としての本音をもらしたのはこの一回だけである。

三十代も半ばを過ぎて研究会を通じて知り合った精神科医の宮地尚子には違った。平成十一（一九九九）年の神戸ルミナリエで、安医師、宮地ら研究仲間が家族で集まって食事をする機会があった。安医師は自分が在日韓国人であることを積極的に話した。宮地がマイノリティ問題などを精神医学的な視点から考察する仕事をしていたことで、安医師も親近感を抱いたのだろうか。宮地の夫が国際人権法などを研究していることに話が及ぶと、安医師は「そうなんですか、じゃあ、なんかあったら助けてもらおう」といった。「高校のころ、いつもぼくは自分がスパイ容疑で捕まるんじゃないかと思っていたんです」「ハイジャックがあっても、在日の人は日本政府の保護の対象にならないんでしょうね」

そんなあれこれを安医師は語ったという。宮地は「助けてほしい」という安医師の言葉が妙に印象に残っている。宮地はこう思う。

「ずっと安心感が持てなかったんじゃないでしょうか、とくに高校のころは。安心感を持てない状況というのは、トラウマの問題、あるいは解離性障害の人の安心感の持てなさに通じていく。安心感を実際に持っている人は、あたりまえだと思うからわからないんです、どんなに患者さんがおびえているか。世の中に迫害されていると感じているか。そこを安先生は最初からわかってたのかな」

父親との関係でひとつ付言しておいたほうがいいと思うのは、安医師が単に否定的な感情だけを父親に対して持っていたのではないということである。肉親であるがゆえの、愛憎が不可分にないまぜになった感情がそこにあったといったほうがいいかもしれない。

父親が癌だとわかると、安医師は神戸から大阪の実家や入院先の病院にしょっちゅう帰ってくるようになった。病状が悪化してからは三日か二日に一度は帰ってきた。実家で看病していた安成洋の記憶には、大阪に戻ってきながらくたびれはててぐったりしていた安医師の姿が残る。父親が闘病していた平成九（一九九七）年、安医師は困難な多重人格の患者の治療で神経をすりへらし、また前の年のサントリー学芸賞受賞で原稿依頼などが相次いで多忙を極めていた。大阪の実家でも、口もきけないほどぐったりしていたこともあった。パソコンを持ちこんで原稿を書いていたこともあった。

そんな状況のなかで父親のもとに帰ってきながら、たとえば愛情にあふれる言葉を素直に出して父親の枕辺に添うといったことは、安医師にはできなかったらしい。ところが兄弟が二人になると安医師はふっと遠くのほうに目線をやるような表情を見せるのだった。父親に譫妄が見られるようになると、安医師はうるんだような目であらぬかたを見やりながら、成洋にいった。「これが出てくると……覚悟しないと」。ほんとうに悲しそうな兄の表情だった。

自身が末期の癌だとわかってから、安医師は「あのときなあ」と成洋にいっている。「親父がわらにもすがる思いをしていたとき、もうちょっと言い方があったなあ」と。みずから病を得て、安医師は父親の日記をしきりと読むようになった。発病後に自身も日記をつけだしたきっかけのひとつは、父親の残した日記だったことを安医師は書きとめている。安医師の日記の最初の日付、平成十二（二〇〇〇）年八月二十二日にはこうある。《第二の動機は父である。ふと父のことを想うようになり、兄に頼んで父の日記を送ってもらった。私の知らない父がそこにあった。しばらくは父の日記を読むことを日課にしよう。そして同時に自分も日記を書こう》

自分のことだけでなく、在日であるがゆえの、そしてまた致命的な病を得たがゆえの、父親自身のトラウマを安医師はそのとき見ていたのかもしれない。

長じて、あるとき安医師は俊弘に「子供のころのトラウマは大人になって影響するんだろうか」と話し、幼少のころの父親の記憶を語った。またもうひとつの言葉が兄の記憶に残る。父親が亡くなったあとの平成十一（一九九九）年の暮、トラウマに満ちた二十世紀を映像で振り返ったＮＨＫのドキュメンタリー「映像の世紀」を大阪の実家でみんなで見ながら、俊弘は「これはわれわれもそうだな。在日の問題はどこにでもあるな」と感想をもらした。安医師はそれに応じるように、「在日の抱えている問題は世界に普遍的なものだな」と述べた。

大震災後、「被災地のカルテ」の連載を新聞で始めてもらうとき、安医師はぼくにいった。「ぼくは連載の最後に、自分の在日の思いをぜんぶ書きたい。それしか思いつかないんです。いいですか」。いい、といった。でも一年間、被災地でトラウマに苦しむ人たちの姿を見つづけたすえ、結局、安医師は「在日の思い」を前面に出すことはついになかった。第Ｉ部でも引用したが、『心の傷を癒すということ』の最後はこんなふうに結ばれている。

《世界は心的外傷に満ちている。〝心の傷を癒すということ〟は、精神医学や心理学に任せてすむことではない。それは社会のあり方として、今を生きる私たち全員に問われていることなのである》

在日のトラウマから震災のトラウマへ。そしてあらゆるトラウマへ。「世界は心的外傷に満ちている」と書き付けた安医師の視線の先には、いまも鮮血を流しつづけるあらゆる人々の心の痛みがあったに違いない。

そしていま、残された安医師の家族が悲しみに耐えながら寄り添って、支えあって生きていた。

＊

十一月上旬。朝方よく晴れていて、前の夜は冷たかった神戸の空気も午前中はゆるんで感じられる。並木はまばらに色づきはじめ、安家の向かいにある公園では背の高い木の葉が茶色に染まっている。午前中はお昼寝していることの多い秋実が、この日はまだ起きている。あいさつするとはにかんだようににっこり笑い、母親の胸に顔をうずめていた。そのうち末美が台所に入ると、秋実はキッチンに続く床に一人で座っていたのだが、ぼくと目が合ったとたん火がついたように激しく泣きはじめた。

そして壁に手をついて立ち上がり、台所口まで二歩、三歩と一人でよたよたと歩いてまた座り込んだ。まだよろよろしていて「歩いている」とはいえないかもしれないのだけれど、あともう少しで一人でどんどん歩けるような、そんな動きだった。泣きつづける娘を末美は抱き上げてあやした。

末美が台所で洗い物をし、恭子と晋一と秋実が子供部屋で遊んでいるとき、立って足を踏み出したという。「秋実が歩いた、秋実が歩いた」と二人とも興奮して大声を出しながら台所に走ってきた。末美が見に行くともう座っていたけれど、それから何日かして母子がリビングで休んでいたとき、秋実は母親の肩につかまって立ち上がった。そして手を離して二、三歩、歩いた。歩いているのか、それとも倒れようとしているのかわからないような歩き方だったけれど。「すごいね、もう一回してごらん」というと、秋実は立ち上がってまた二歩、三歩と歩いて倒れた。「すごいね」。母親の笑顔に、秋実はにこにこと得意そうな顔をした。自分で両手を叩き、じょうず、じょうずをした。それからというもの、転んで大泣きすることもしょっちゅうあるのだけれど、秋実はそれでも立って歩こうとするのだった。


その日激しく泣いたあと、ブロックを出してもらって秋実は機嫌を直し、ときどき大きな声を出しながら元気に遊んでいる。「ふにゃ、うぁ」「やあやあやあやあやあやあ」「えーあいあい」「あいあい、いーや」。あえて文字にすればそんなふうな声である。「歩いて、じょうず、じょうずしたんだよね」と母親が笑いかけると、ぱっと笑顔を見せた。透き通った歯がのぞいた。

意味のありそうな言葉も、秋実は話すようになっていた。「まんま」と「ねんね」。食事の用意をして「秋実ちゃん、ごはんだよ」と末美が話しかけると、「まんま、まんま」という。ふとんをひくところんと寝転んで「ねんね、ねんね」と自分でいう。ただ、寝たまねをするのだけれど、ちっとも寝ない。

最近はままごと遊びがお気に入りだ。まだ本格的なままごとにはなっていないが、お姉ちゃん、お兄ちゃんが遊んでいるのを見て自分もやりたくてたまらないらしい。姉弟が遊んでいるとじっと肩越しにのぞきこんでいるという。末美が台所で洗い物をするときなど、恭子が小さいときのままごとセットを和室に持っていって「秋実ちゃん、洗い物しといて」というと、熱心にかたかたと遊んでいるという。

やがてブロック遊びにあきたのか、秋実はテーブルについた母親の足元にやってきて、足につかまって立ち上がろうとした。テーブルで頭をこつんと打ち、みるみる泣き顔になった。母親に抱き上げられてしばらく膝の上でぐずぐずしていたが、そのうちに目がとろんとしてきた。お昼寝をしてなかったので眠くてたまらなかったらしい。話すのをやめて静かにしていると、ものの一分足らずで眠りに入った。末美は娘をあやしながら小さい声で「ねんね」といっている。

窓は少しあいていて、外からときおり、小さい子が遊ぶ歓声が聞こえてくる。

夫の一周忌が近づいていて、末美の心もまた揺れるようになっていた。秋実にポリオワクチンの接種を受けさせるため保健所に連れていくと、通りの花屋に真っ赤なシクラメンの鉢がいくつも並んでいた。

「もうこんな時期になったんだな……」

一年前に夫と映画を見にいって駐車場に向かう帰り道、やはり通りの花屋にシクラメンがたくさん出ていた。安医師はそのころ腹水が出て、家で休んでいることが多くなっていた。家にいる夫のために家のなかを少しでも楽しくしようと、末美はそのときシクラメンを買った。「どんな色がいい?」と妻が聞いて、夫が鉢を選んだ。

やわらかいシクラメンの赤い色。いま娘と見ているその色が一年前の記憶を呼び起こした。秋が深まって、いつも寒くてたまらなそうにしていた夫の姿を思い出した。胸がつまった。

少し前には神戸大学医学部の同窓生が、安医師の思い出をまとめた文集を持ってきてくれた。知り合う前の、学生時代の夫のいろんな素顔が書き留められていた。難しそうな本を生協で何冊も買って、「本を買いすぎてお金がない」と照れながら食堂でいつも卵カレーを食べていた夫。ジャズピアノがうまく、みずからマル・ウォルドロンのようだと評していたという夫。ときどき授業をさぼって夜遅くまでマージャンをしていたという夫。読むのがつらくてたまらなかった。

数日前には夢を見た。病室で夫が亡くなるときの夢だった。夢のなかでも悲しくて胸が張り裂けそうだった。目覚めて、どっと疲れを感じた。

けれども、この一年間の自分の状態を自分なりに振り返ってみることも、末美はできるようになっていた。

「春までは、ほんとに自分をコントロールできなかった。なにをしていても突然、胸を突かれたようになって。なんていったらいいのか……比喩が適切かどうかわからないのですが、大きな爆弾が落ちて煙なんかで目の前が見えなくなって。「すごいことが起きたんだな」と思っても、なにがどうなったかよくわからないんです」。すやすやと眠る秋実を腕に抱いたままで末美は話を続けてくれた。「でも時間がたつと煙が引いていって、「あ、こんな大きな穴があいていたんだな」とわかるものなんですね……」

末美はそっと席を立って秋実をベビーベッドに寝かせた。戻ってきてお茶を注ぎかえてくれ、静かに話は続いた。ぼくはその末美の話し方に、これまでと少し違うものを感じた。悲しみが癒えたとか立ち直ったとか、決してそんなことではないだろう。悲しみの感情はこの人のなかでやはり流れつづけるのだろう。「彼が精神科の医師として優秀であってもなくても、わたしは彼が家にいてくれたらそれでよかった。優秀でなくても、病気で寝ててもいいから……生きていてほしかった」。そのとき、そんなふうに語ってくれた言葉は涙で小さく消え入りそうだった。心からこの人は夫を愛していたのだ。だがいま末美は自分の心境を少しだけ振り返ろうとしている。奔流が激しいうねりと水の飛沫に荒れ狂いながら少しずつ少しずつ濁流に変わり、やがて静かな流れとなっていくように。そして歩き出そうとするわが子とおなじように、小さな一歩を踏み出そうとしているのだろうか。

窓の外の遠くから、神戸港を行く船の汽笛が聞こえてくる。一度。末美の言葉がしばらく止まって、二度。部屋がいっとき静かになる。晋一が通うすぐ近くの幼稚園からだろうか、子供たちの歓声が聞こえてくる。

クリスマスの話題が出ることがあるのだけれど、恭子は友だちにいわれたのか、サンタさんの存在をちょっぴり疑いはじめている。「ほんとうにサンタさんが来るか、起きて見ている」という。晋一は自分のほしいものをいわない。「ママのほしいものをお願いしてあげる」といっているという。末美が目を細めて「晋ちゃん、自分のプレゼントをもらえないけど、いいの？」と聞くと、「うーん」としばらく困ったように考えて、「二つもらえないかな」といった。

肩を寄せ合いながら、家族は懸命に、生きている。

小さい子　平成十三年、冬

平成十三年十二月二日。

安医師が世を去って一年が過ぎた。一年前よりもさらに冬の訪れの気配は遅く、神戸はいま紅葉の盛りを迎えている木々も多かった。三宮の街路樹は、色づいた木の葉を暖かく晴れた師走の空に揺らせていた。

神戸市中央区の徳照寺で、家族や親族、友人が集まって一周忌の法要が開かれた。細く入り組んだ路地に方向を失って道を行きつ戻りつし、法要が始まる直前にぼくはようやく寺に着いた。広い本堂に百人ほど、すでにたくさんの人が集っていた。前列の右から、末美、晋一、恭子が座った。やや離れた斜め後ろにいたぼくの位置からは黒い喪服に身を包んだ末美の表情は髪に隠れて定かに読み取れなかった。

読経の声が流れ出してしばらくして、目の隅で動く影があって、はっとした。

秋実だった。末美の膝に抱かれておとなしくしていたらしい秋実はいますくっと立ち上がり、しっかりした足取りで五歩、十歩と歩いている。

胸に子馬の刺繍が入った紺のワンピースに白い襟が際立っている。紺のタイツをはいた細い足はしっかりと本堂の畳を踏みしめている。目は笑い、得意そうな表情でこちらに向かって歩いてくる。山百合がすっと背筋を伸ばし森の影で白い花をほころばせているかのように、秋実の顔は明るい光を湛えている。

恭子が身を乗り出して秋実を抱き、膝の上にすわらせた。静かに読経の声が続いた。ややあってまた秋実は立ち上がり、母親のもとへしっかりと歩んでいった。絹糸のような細いさらさらとした髪が、歩みにあわせて揺れている。

焼香が始まった。最初に立った末美は秋実を伴い、膝の上に抱いてともに焼香させた。その小さい手を包み込むようにして合掌させ、父親に祈りを捧げさせた。続いて、小さいブレザーに身を包んだ晋一が一人で立ち、ちょこんとおじぎをして焼香した。戻りぎわ、「できたよ」というふうに末美の顔を見た。恭子もきっちり一人で焼香した。参列者の衣ずれと、読経の声が静かに続いた。

やがていつしか、小さくしゃくりあげる声がかすかに聞こえてきた。

晋一がぽろぽろと涙を流していた。どうして悲しいのか、小さい晋一にはまだわからなかった。末美が心配そうになにかを語りかけながら晋一の背中をやさしくさするのだけれど、焼香が終わり、ご詠歌を歌うときになっても、ときどき発作のように涙はあとからあとからこみ上げてきた。晋一はこぶしを握りしめてブレザーの左の袖でごしごしと目をぬぐい、一生懸命涙をこらえようとしていた。

泣きじゃくる息子の姿を見ていた末美の目にも涙が浮かんできた。「阿弥陀ほとけをおがまなん」と繰り返す恭子の澄んだ声が、ご詠歌のあいだひときわ際立ってお堂に響いた。

そのときだった。肩をふるわせる兄の姿をじっと見ていた秋実は、そばにあったタオル地のハンカチを手にして晋一の前に立ち、その目に当てるしぐさをした。小さい手でハンカチの端をつかみ、それをそっと兄の目に当てているのだ。晋一は小さい妹にされるままになり、ハンカチを当てられたまま泣きじゃくった。それから秋実は、となりで涙を浮かべている末美の目にもハンカチを当てた。末美は静かにほほえんだ。

なんということだ。

この一年のあいだ小さい子は、何度もおなじしぐさを見てきたのだろう。これまで恭子と晋一が泣くと末美がいたわった。母親がこらえきれずに泣くと子供たちがティッシュを手渡した。泣く母親を、秋実は真剣な目でじっと見つめ、ときには涙を不思議そうに触りにくることもあった。大地に立つことと同時に秋実は、人の悲しみに共感しいたわることを覚えていたのだ。

安医師が去り、街が春に染まり、夏の輝きを増し、秋の色を深め、そして色づいた木の葉を散らしはじめたいくつかの季節のあいだ、家族はひっそりと、小さい肩を寄せ合うようにしていたわりながら生きてきた。あの惨事から美しく「復興」したといわれる神戸、「心のケア」ブームの象徴のように語られる神戸で家族はひっそりと、息を潜めるようにして暮らしてきた。世間のどんな百万言よりも、もしかしたらこの小さい子がだれよりも「心の傷を癒すということ」を本能的に知っているのかもしれない。

《「なぜ他ならぬ私に震災がおこったのか」「なぜ私は生き残ったのか」「震災を生き延びた私はこの後どう生きるのか」という問いが、それぞれの被災者のなかに、解答の出ないまま、もやもやと渦巻いているのだ。この問いに関心を持たずして、心のケアなどありえないだろう。苦しみを癒すことよりも、それを理解することよりも前に、苦しみがそこにある、ということに、われわれは気づかなくてはならない。だが、この問いには声がない。それは発する場をもたない。それは隣人としてその人の傍に佇んだとき、はじめて感じられるものなのだ》

（「臨床の語り」最終パラグラフ「おわりに――心のケアを超えて」）

阪神大震災後、「心のケア」をめぐって整備された制度や育成された人材は、社会の貴重な財産となった。ところが「ケア」という言葉がそれだけで一人歩きし、専門的な枠組みのなかに押し込められるほど、なにか大切なものが社会から抜け落ちていった。制度や技術だけが人の心を癒すのではない。それは一人一人のたたずまいの問題であり、専門家や専門機関に人の心を癒すことを押し込めてしまう社会の貧しさを安医師自身がだれよりも知っていた。

そしていま、忘れ形見のように生まれた安医師の小さい娘が、人の涙をそっとぬぐっているのだった。秋実は両足をすくっと突っ張って立ち、母親の目に当てていたハンカチをまた泣きつづける兄のほうに移した。さらさらと髪をそよがせながら、兄の目にいつまでもハンカチを当てていた。

＊

平成十三（二〇〇一）年暮れ。

晋一の通う教会付属の幼稚園では、クリスマスの生誕劇の練習が始まっていた。晋一はナレーターと、宿屋の役を兼ねることになった。毎日、晋一は紙に書いてもらったせりふを家で練習している。宿を探すマリアは三軒目でようやく馬小屋に泊めてもらうのだが、その三軒目の宿屋が晋一である。歌を歌ったあと、ナレーターとしてまた晋一がいう。「こうして救い主がお生まれになりました。さてみなさん、いっしょに『もろびとこぞりて』を歌いましょう」。家に帰ってきてからも一生懸命練習する晋一を、末美が「大きな声でね」と励ます。

秋実の一歳の誕生日は安医師の一周忌の法要の翌日、三日にケーキを買って祝った。「法要が終わるまで待とうね」とみんなで決めていたのだった。でも晋一は秋実が生まれた十一月三十日の朝には、起きだすなり、「きょうは秋実の誕生日だ！」と大きな声を挙げた。秋実が目を覚ますと「ハッピー・バースデー・トゥー・ユー」を晋一が元気な声で歌った。

お父さんがいない寂しさとつらさにどんなに胸がうずくことがあるだろう、でも恭子も、一生懸命に生きていた。歩き出した秋実の動きにお姉さんらしくはらはらし、一喜一憂しながら見守った。ときどきお母さんがゆっくりおふろに入れるようにと、恭子が秋実の相手をし、ころあいを見計らって秋実の服を脱がせて母親の待つ浴室に連れていった。妹を膝の上に座らせてよく本も読んであげた。お兄ちゃんはまだ抱き方がじょうずではないのか、晋一がだっこすると少し秋実はいやがるのだけれど、恭子が抱くとじっとしているのだった。

秋実は日を重ねるごとにしっかりと歩むようになっていた。料理をしているときは秋実が入ってきて危なくないようにと台所の入り口とリビングに続く廊下のあいだに小ぶりの柵をしていたのだけれど、それも平気で乗り越えるようになった。

十二月中ごろには、幼稚園のお兄ちゃんを迎えに初めて母親に手を引かれて歩いて外に出てみた。最初のうちは外を歩くということが不思議でたまらないようで、立ち止まっては路面を触ったり、家ではしなくなっていたはいはいをしたりしようとした。「一人で歩いてごらん」と末美が立たせてしばらくすると、すっかり慣れたようだった。歩くのが楽しくてしかたないというふうに、にこにこと顔をほころばせてどんどん道を歩いた。転んでも泣かなかった。道ばたの落ち葉を不思議そうに手に取ってみるのだった。

「ママ」ともいえるようになった。室内で一人遊びをしているとき、「ママ」といったように確かに末美には聞こえた。最初はだれに向っていっているのかわからなかったのだけれど、そのうち、だっこしてほしいとき、遊んでほしいとき、母親の姿が見えないとき、しょっちゅう「ママ」と呼びかけるようになった。

村田麗子たちが呼びかけた「見守り基金」は、人数は減ってきたがいまも続いている。村田はいう。

「わたしができるのはそのていどのことですやん。子供たちが大きくなったとき困らないように、ちょっとでも。わたしはただの近所のおばさんやから。奥さんは「いや」というけれども、わたしは、「これは子供のためだけじゃなくて、基金をしている人が自分のために入れているんですよ」と。それは、安さんがしたいと思ってできなかったことを、ちょっとでも自分がしたいという気持ちでするわけでしょ。そして、十年、二十年たってまだつきあいのある人は、子供が目安にしていいと思うんです。基金によって人がつながってくれてたら、お金よりもそれがいちばんなんです」

末美は、基金については気持ちはありがたいけれども、現実の金銭がからむからやっぱり気が重い。一周忌のとき、村田に「もう一年たちましたから」と断ったけれど、村田は聞いてくれなかった。ただ、ずっと忘れずにいてくれる人がいる。安医師にかかっていた患者で、振り込み用紙の通信欄に毎月、恭子あてに「寒くなりましたね」「かぜをひいていませんか」と短い便りを書いて送ってくれる人もいる。恭子もその手紙を楽しみにしていて、その人に返事を書いた。末美も「お金はけっこうですから」と手紙を書いたが、毎月送られてくる。基金に自分で手をつけるつもりはないし、どうしていいのかわからないのだけれど、そんな人たちの気持ちをうれしく思う。

小さななにかが、末美のなかで始まっているようだった。

秋実の一歳の誕生日の記念にと、十二月半ば、生田神社の写真館に記念写真を撮りにいった。写真館のあるじは一年前に七五三に訪れた安医師のことも、そのあとに安医師が亡くなったことも知っていた。「お亡くなりになったんですね」と末美にお悔やみを述べた。それまでは夫が亡くなったことに触れられるのがいやでたまらなかったし、説明するのもいやだったのに、そのとき末美は「はい、亡くなりました」と口にした。そして「あ、自然にいえた」と内心で思った。

「一周忌がすんで……そういう区切りでは気持ちの整理はつかないと思っていました」

将来のこと、生活のこと、これまでは考えられなかった現実のあれこれとした問題を、少しずつ少しずつ、末美は思うようになっていた。「まだなにもしていないんですけど」とはにかむようにいって、子供が小さいうちは家にいっしょにいてあげたいと思っていること、でも仕事も探さないといけないと思っていることなどを話してくれた。そして「あと一年は家にいて、主人が行っていたところを、いろいろ訪ねたいと思っているんです」と続けた。

病気がわかってから、二人で手をつないでお参りした大神神社。まだ元気だった平成十二（二〇〇〇）年の夏、夫が早朝に散歩していた諏訪神社。病状が悪くなっても夫が通いつづけた大阪・鶴橋の鍼灸院。癌にいいとされていたきのこのことを知ろうと出かけた三重県。夫がたどった道を自分なりに歩みなおしたいという思いが、末美のなかで強くなっていた。そうやってもういちど夫がたどった道を歩いてみないと、なにか自分のなかで終わらないものがあるような気がするという。

十二月も押し迫ってから、諏訪神社に行ってみた。夫が散歩を始めたころ、「どんなところを歩いているのか、わたしも見たい」といっていっしょについていった。二人で歩いたときは青々としていた木々の葉は、いま色づいて多くは地面に落ちていた。末美はその紅葉を踏みしめながら神社までの坂道を一人で泣きながら歩いた。足もとの紅葉がかさかさと音をたてた。平日の午前中の境内に人の気配はなく、しんとしていた。涙があふれた。

「ほんとうは、ずっとずっと主人が恋しい。いろんな後悔もあります。でも……」

小さくこみあげてくるものを抑えるように、ときどき少し言葉を震わせながら末美は語った。
「でもわたしも、あとどれくらい生きられるのかわからないけど、三人の子供を育てていかないといけない。ずっと恋しいけど……いいかげんにしないといけないなという気持ちもあるし。毎日そんな後悔して……いるわけにはいかないし。いい気持ちで主人のことを思い出して。パパの話を子供とできるようになりたい」

言葉の震えを抑えながらそう語って、小さな吐息をついた。こらえようとする胸の内の悲しみがふっともれそうになり、それをようやく息づかいにかえて外に出したような小さな吐息だった。そのかすかな息吹はささやかだけれどなにかとても力強くて尊いもののように、ぼくには感じられた。
「そのためにも、主人の最後の一年をね。もう一度、自分でやり直したい」

そう語ると、静かな涙が幾筋もほおを伝った。悲しみも、悔いすらも細い体に引きうけながら、小さな吐息のような一歩をこの人はいま踏み出そうとしているかのようだった。

《外傷体験によって失ったものはあまりに大きく、それを取り戻すことはできない。だが、それを乗り越えてさらに多くのものを成長させてゆく姿に接した時、私は人間に対する感動と敬意の念を新たにする》

（『心の傷を癒すということ』より）

和室の障子からやわらかい冬の日差しが透けて部屋を暖かく包んでいる。秋実はお昼寝から起きだして、いまは末美の膝の上。しきりとテーブルの上のグラスに手を伸ばそうとしている。「こんこん、いや」。末美は涙の笑顔でそういってグラスを遠ざけ、「そっちで遊んでね」と秋実を床に降ろした。秋実はすぐお母さんのところに歩いてきて膝につかまった。

「あぱあん」

テーブルの下から、元気な声が聞こえてくる。

＊

この物語に終わりはない。「心の傷と癒し」の物語に、そもそも体(てい)のよい終わりがあるべくもない。悲しみと笑みと、悔いと希望を輻輳させながらこの地で、かの地で時間は流れてきた。阪神大震災で六千四百三十二人(平成十八＝二〇〇六＝年消防庁確定報、六千四百三十四人)が亡くなった。しかしこの七年のあいだにひっそりと知られない場所で、遠い地球の裏側で、さらにどれほどおびただしい涙が流されてきたことだろう。

平成十四(二〇〇二)年一月十七日、震災からまる七年。恭子の通う小学校では、震災のときどんなことがあったか聞いてくるようにという宿題があった。恭子は震災のとき二歳前だった。「パパは朝起きて、病院に行って、そのまま帰ってこなかったよ」。末美はそんな記憶を娘に語り聞かせた。ふっと、「主人は病死ではあったけれど、やっぱり震災の犠牲者なのかな」とぼんやりと考えた。

悲しみと悔いがないまぜになりながら、夫が最期まで立派だったと思う気持ちも末美のなかで芽生えていた。

安医師は最期まで毅然として、家族のもとで前向きに生きようとした。安医師が選んだ道は通常の在宅介護といったものにとどまらず、みずからの死期を知りつつ積極的に、能動的に、家族を大切にしながら生きることだった。夫は内心どんなに孤独な思いだっただろう、わたしがもっと支えてあげればよかった……そう思うといまもいたたまれない気持ちになる。でも夫が最期まで家族とすごそうとしてくれたことを、立派に思う。

「わたしは看病らしい看病もしていない。病人を介護するという感じではなかったんです。七五三にも「絶対に行く」といって……。わたしと映画も見にいった。ほんとうに家族の時間を大事にしてくれた。最期の最期まで、家族の時間を作ろうとしてくれたんだな、と……」

敬意と、しかし悲しみと後悔で、やはりそう語る言葉はいまも震えてしまう。

「人並みはずれて立派だったと思います。でも、もう少しわたしに……。死を前にしてもそんなふうにいられたことが、立派だけど、でも……」

輻輳するさまざまな思いのなかに、夫への、また父親への確かな誇りが加わっている。涙だけでなく、家族に誇りすら残して安医師は去ったのである。

秋実は「はい」と返事もできるようになった。

「秋実ちゃん、「はい」といって」と末美が促すと、右手をあげて「はい」と元気よく返事をする。お姉ちゃん、お兄ちゃんが学校から帰ってくると、満面の笑顔で迎える。二人とおなじようにしたくてたまらず、姉弟が宿題のドリルをしているとじっと横で見ていて、休憩をしているときに鉛筆を取って落書き帳にドリルのまねごとをしている。「ママ」と呼びかける声は元気いっぱいだったり、なにかをおねだりするようだったり、細いすねたような声音だったり、表情が豊かになってきた。髪の毛も豊かになり、ますます女の子らしくなってきた。

話を聞いているうちに秋実はリビングのベビー椅子で目をとろとろとしはじめ、すぐ眠りに落ちた。末美はそっと娘を抱き上げて和室のベッドに連れていった。秋実は左手で軽くこぶしを作って頭の横に出したポーズで小さい寝息をたてている。

一月の午前の光が、和毛のようなレース地のカーテンを白く静かに澄んで染め上げている。リビングには新たに、白衣を着た安医師の写真がパネル大に引き伸ばされて掛けられ、家族を見守っている。

やがて恭子と晋一が「ただいま」と、にぎやかにこの家の玄関を開けるだろう。

少し長いあとがき

平成二十九（二〇一七）年二月。私は東日本大震災の被災地にいた。地震後、東北を訪ねるのは初めてである。発生からすでに六年がたっていた。

広大すぎる更地が広がっていた。津波に襲われた宮城県名取市閖上（ゆりあげ）地区を、ある被災者の車で案内してもらったあと、一人で歩いた。住宅地だった一角にはなお花と真新しい缶ビールが供えられていた。工事車両がときおり行き来するだけで、人の気配はなかった。前の年の暮れにようやく一部が開通したＪＲ常磐線の新地駅（福島県新地町）に降り立ってみると、気が遠くなるほどの造成地が広がっていた。人の気配はない。クレーン、ショベルカー、トラックが遠目に認められるだけである。重機の機械音が遠くから響いてきた。

できたばかりの災害復興住宅も歩いてみた。一戸建ての住宅もあれば集合住宅もある。子供のものらしい自転車が玄関の横にあるのはほっとするのだけれど、ここも人の行き来はほとんどない。コミュニティを一から築くことから始めないといけないのだろう。集合住宅でも人の出入りはほとんどなかった。まだ真新しく、入居が始まったばかりだったからかもしれない。行政やボランティアによる交流事業も進んでいくだろう。けれども阪神大震災の復興住宅で入居者が聞き取り調査に答えていた話を思った（本書153ページ）。

「仮設住宅のふれあいセンターでは、仲良くしていたのに比べて、ここは鉄のとびらを閉めてしまうので、交流しにくい」「ここは、ドアを閉めてしまえば刑務所と一緒で、知り合いもいないし顔ひとつ見ることができない」

入居している被災者の許可を得て、福島県のある仮設住宅の一室に入らせてもらった。五十歳代の男性は一人暮らし。東京電力福島第一原発の事故で避難指示が出た地域から仮設に入っていた。地震の揺れがいまでも怖くてたまらないのだという。「思い出す……あれは思い出す」。そういって口をつぐんだ。布団が無造作に敷かれたままになり、菓子パンやバナナが床に置いてあった。人柄はとても穏やかだった。「これ、きれいでしょ」とほほえんで草花の写真や、帰ることができない故郷の家の写真を見せてくれた。

だが、男性は極度のアルコール依存症に陥っていた。避難生活が長期化するうち、酒が欠かせなくなった。地震の恐怖や避難生活のストレスから逃れるためだろう、毎日飲んだ。その日も朝から飲酒していた。現地で心のケア活動に当たるNPO法人のスタッフに半ば強引に引き立てられるように、スタッフらが行う集いに参加した。みんなでちょっとしたスポーツをしたり料理を作ったりする活動である。そこでも酒は飲まないようにと注意された。

ところが仮設住宅に戻って話を聞いていると、かばんからカップに入った焼酎を取り出してあおった。訪問してくる人の目につかないよう、かばんに隠しているようである。まだ日は高かった。飲むまいと思って家に酒を置かないようにしても、夜中にどうしても酒がほしくなり、タクシーを呼んで少し離れたコンビニまで酒を買いに行く。タクシーの運転手にまで顔を覚えられて、怒られるという。男性が負った心の傷つきを思わずにいられなかった。この広大すぎる被災地にどれほどの傷つきがあるのか、見当もつかなかった。

東北に向かう際、私はかばんに一冊の本を入れていた。『増補改訂版 心の傷を癒すということ』である。東日本大震災があった年の六月に、安医師の遺稿や関係者の原稿を収録して作品社から出版されていた。被災者が負ったさまざまな心の傷つきと向き合い、回復を支えようとしているだろうそのNPO法人に渡すつもりだった。心的外傷ついては、制度的にも技術的にも阪神大震災のときより一段と洗練された手厚いケアがなされているだろう。けれども「心の傷を癒す」ということを原点から考えた安医師の仕事は、東北でも必ず意義があるだろうと考えていた。

＊

本書プロローグ、第Ⅰ部・第Ⅱ部の原稿を書き上げてから、私は安医師について書かなくなった。安医師らが翻訳に取り組んでいた『多重人格者の心の内側の世界』が平成十五（二〇〇三）年に作品社から出版され、私のもとにも送られてきた。訳者代表は安医師になっている。読むのがつらい気がして、しばらく開けられなかった。日本語版特別編集として日本人の患者の手記が付けられている。安医師の患者である。安医師は自分の病気を告げ、「あと二年は、（自分は）だいじょうぶ」と患者を励ました。次に診察室に行くと、安医師は泣いていた。「もう二年も診てあげられない」と、かすれるような声で話したという。やはり読むことはつらかった。

けれども、安医師について書かなければいけないと思わせる局面がその後やってきた。つまり、日本で大災害が相次ぐようになってしまったのだった。

平成十六（二〇〇四）年十月、新潟県中越地震が起こった。阪神大震災以来、観測史上二回目の震度七を記録した大規模地震だった。被害は広範囲に及び、全半壊は一万七千棟近くに、一部損壊は十万棟以上に及んだ。大きな余震も何度も起こった。被災地の人々は大きな心的外傷を受けているだろう。当時、東京本社の文化部デスクだった私が現地に行くことはできなかった。そこで報道から明らかになる現地のいくつかの問題に、『心の傷を癒すということ』の文章を織り込んで産経新聞東京本社版文化面で短期連載した。

安医師が阪神大震災の被災地でつかみ取っていった精神的なケアの視点は、そのまま新潟県中越地震の被災地にもあてはまると思った。「被災地へ……神戸の医師が遺した言葉」と題して発生から一週間後の十月三十日に始め、週一回のペースで一か月続けた。

たとえば新潟の地震で仮設住宅の建設が急務になっていたときは、こう書いている。二重かっこの引用文は『心の傷を癒すということ』からのものである。

「震災前の町には、人々がお茶をのみ、立ち話をし、ゲートボールや囲碁をする、自然にできたたまり場があった。仮設住宅の周辺にはそれがほとんどないことに、安医師はぞっとする。阪神大震災では、仮設住宅などでひっそりと亡くなる「孤独死」が問題になった。『彼らは、暮らしを支えてきたさまざまな関係（援助源）を一挙に失ったのである。人は衣食住だけでは生きていけない。人と人の関係がとぎれ、将来に希望をもてなくなったとき、死は突如として身近になってくる』。

この問題の本質は東日本大震災やほかの被災地でも変わるまい。

しかし書くのはつらいことだった。安医師の文章を読んだりむかしのことを思い出したりしていると、涙が出てしかたないのである。職場でも電車のなかでもそうだった。これはいまにいたるも変わっていない。

東日本大震災が起こった。被災地に広がっているであろう、おそらく阪神大震災よりも膨大な心の傷つきを思わずにいられなかった。当時私は地方で勤務していて、また動きを取りにくい立場にあった。新潟県中越地震のとき東京でやったように、安医師のテキストを被災地に重ねていくという方法すら、被災があまりに広範囲に及んでいて無力に思えた。それに現地に行かないやり方では質的にも量的にも限界がある。

『心の傷を癒すということ』を編集してくれた作品社の内田眞人さんから電話があった。この本に安医師の遺稿のいくつかを加え、関係者の原稿も入れて増補改訂版を作りたい、なにか書いてほしい、とのことだった。

安医師の著書が内容を厚くして再び世に出るのはほんとうにうれしく、ありがたいことだった。被災された方や支援に当たる方の力にもなるだろうと思った。しかしそのとき私は、安医師について新しい文章を書く気にはどうしてもならなかった。すでに安医師の生き方、考え方については、本書プロローグ、第Ⅰ部・第Ⅱ部で示したように、私なりに書き尽くしたという思いがあった（第Ⅱ部を書いていたことはそのとき内田さんには話してなかったようである）。要約版のような形でそれを再び原稿にすること、東北の現地にも行かないで文章を作ることは、安医師にも、東北の犠牲者、被災者にも、失礼なことのように思われた。『心の傷を癒すということ』の文庫版の解説として添えさせていただいた文章を増補改訂版に収録してもらうことで、そのときは了解してもらった。

パソコンに保存していると思っていた完成稿がそのときは見当たらず、文庫本を見ながら仕上げ直した。それだけなのにつらい作業だった。

＊

そして東北に行く機会を得た。年月がたってではあったが。そのとき私は、正面から再び安医師のことを書こうと決めた。安医師がなした仕事は、鋭い観察力や批判精神を根底に持っていながら、具体的で、どこまでもやさしく、かつ普遍的なものなのである。つまりあらゆる災害や事件、事故などのトラウマの場に通じていくものなのだ。

安医師との記憶は断片的に鮮烈なものとして残っていたが、彼が亡くなったときの時間の前後関係すらすでに私のなかではあいまいになっていた。安医師の死にいたる経緯を確認するため、私は本書第Ⅰ部のもとになった新聞連載「傷ついた人へ」を再び紙面で繰った。それを見返すこともなくなっていたのである。紙面をめくるうちに、また涙が出てしかたなかった。

安医師が亡くなってから二十年近くたっているというのに、どうして彼のことになるとこうも涙もろくなってしまうのだろう。考えていて、あるとき思いがいたった。

安医師自身が阪神大震災の被災地で、しょっちゅう涙を浮かべていた。第Ⅰ部でも触れたが、重複をいとわず書く。私は安医師とよく被災地を歩いた。あるときは食事をし、別のときは仮設住宅に一緒に取材に行った。そんななにかの折、街角で立ち止まって、あるいは居酒屋で酒を酌み交わしながら、被災者の悲しみや苦しみに話が及ぶと、安医師はいつもうっすらと涙を浮かべていた。私たちは被災地でいつしか涙ぐむことを恐れなくなっていた。医療の現場で、安医師はプロフェッショナルとして泣くことをみずから戒めていただろう。でも彼ほど涙もろい人はいなかった。

安医師自身、「被災地のカルテ」の平成七（一九九五）年二月二日付でこう書いている。《ある先輩医師は、気丈な人であるが、「地震後、涙もろくなっていて、街を歩いていると急に泣き出しそうになるんですわ」と私に語った。それは私も同じだった。壊れた建物や震災のニュースを見ると、突然涙が出てきてどうしようもなかった》

それは被災地全体にあるていど共有されていた感覚だったかもしれない。しかし安医師は、この「共感して泣く」という感受性がひときわ強かったように思う。安医師が亡くなった五日後、私は追悼原稿を新聞に掲載した。こう書きはじめている。

「震災で崩れた神戸を、彼とともに幾度となく歩いた。黙々と二人で歩き、なにかを感じることがつとめだと思っていた。

二人とも涙もろくなっていた。亡くなった人の話をしていてふっと目がかすんでしまう。隣を見ると彼もやはり涙をためている。

こんなに涙もろくなっていいんでしょうか、と問うた。彼は答えた。

「いいんです。亡くなった人にぼくたちができることは、泣くことくらいですから」（「安克昌さんとの日々　神戸の若き精神科医を悼む」平成十二＝二〇〇〇年＝十二月七日産経新聞大阪本社版夕刊、本書巻末に収録）

うっすらと涙を湛えて、ほほえみを浮かべながら少し遠くを見やっていた安医師の表情を、私はいまも思い出す。それはおそらく安医師が私に残してくれたかけがえのない財産なのだ。

一方で、また次のことも正直に書いておくべきだろう。私がいつも安医師のことを思ってきたということはない。むしろ意識の背景に沈み、忘れている時間のほうが長かった。ジャーナリズムの世界に生きる者として、ジャーナルな、日々起こるできごとに没頭してきた。

ジャーナリズムの世界では、過去に起こったできごとはじつはジャーナルではない。批判を覚悟したうえでいうと、日々新しく起こることがジャーナルなのであり、新しく聞くことが「新聞」である。過去に起こったことは概して遠ざかっていく。過去はジャーナリズムの世界では、社会の節目や現在との関係のうえでのみ語られることが大半である。

だが、そのようなジャーナルな日々に身を置きながら、ときおりふと、なにものかがなにかを語りかけてくれている気がした。語られていることがなんなのかはよくわからないのだけれど、その姿ははっきりとわかる。半ばにしてたおれたあの方、この方の笑顔なのである。忘れてしまった私のなかにその方の笑顔が浮かぶとき、私は目を覚まされる気がする。

＊

安医師との出会いと、阪神大震災下での連載「被災地のカルテ」について、改めて振り返っておこう。

大阪本社文化部にいた私は、平成五（一九九三）年、精神医学の雑誌で安医師の存在を知った。いい書き手はいないかといつも探していたものだった。いまその雑誌自体は手元にないが、「ダイエット論」という安医師の論文のコピーが残っている。Ｂ５用紙で五ページあまりの短いものである。それを読んだ私はさっそく安医師に新聞への寄稿をお願いした。平成五年十二月十五日の産経新聞大阪本社版夕刊文化面に「ダイエットの倒錯――「美しい」身体という幻影」というタイトルで掲載されている。

そこで安医師は半年で十キログラムやせ、リバウンドして過食にいたった二十二歳の女性のケースを紹介している。女性は精神科を受診し、優秀な姉と比較されて劣等感を持っていたこと、入社した会社の仕事に慣れず同僚ともうまくいかずに悩んでいたことなどを語った。安医師はこう書いている。《このようにダイエットは、劣等感や心の傷を代償しようという意図をもっていることが多い》。「心の傷」という言葉がこの段階ですでに使われている。終生変わらぬ安医師のテーマだった。

当時の手帳を見ると、この年の十月十五日に神戸大学医学部付属病院で一度会っている。これは寄稿のお願いと打ち合わせに行ったものだろう。掲載後、十二月二十二日夜に神戸・三宮で会っている。駅ホテルの入り口で待ち合わせて食事をした。

安医師は筆まめで、節目では便りをくれた。平成六（一九九四）年十月五日のはがきは、私が転居の挨拶状を出したのに対する返事である。強烈に忙しくて読書の時間もない、としたうえで、「良かったらまたお会いいたしましょう」と結ばれている。平成七年の年賀状には、「年末にはおつきあいくださってありがとうございます」とあるから、再び食事をしたのだろう。手帳に記録は残っていない。当時、パソコン通信によるメールで連絡を取り合っており、そちらでやり取りをしていたからかもしれない。「またぜひ一緒に仕事をしましょう」と私が安医師に話していた記憶が残る。そう話したすぐあとの翌年一月十七日に阪神大震災が起こり、「これが安さんと再びやる仕事なのか」とつらい思いがしたことを覚えている。

被災地には外部から大勢の取材陣が入り、被害のもようや人々の胸の内を伝えていた。それは絶対に必要な仕事である。しかしそのとき私は、外部からの取材だけではなく被災地の内側から被災地の精神状態を書いてもらうことが欠かせないと考えた。発生翌々日かその次の日くらいに安医師の自宅に電話が通じ、ご家族を含めて無事であることを確認した。

安医師は『心の傷を癒すということ』の「あとがき」で私とのやり取りを書いている。発生から数日後、私が安医師に電話をし、お見舞いの言葉を述べたあと、翌々日くらいにまた私が電話をして原稿を依頼したとなっている。私の記憶は少し異なる。最初に電話をして無事がわかり、大変な状況にお見舞いの言葉を述べたあと、その電話ですぐさま寄稿のお願いをしたのではなかったかと思う。大災害の被災者であり、被災地の中心部で医師として忙殺されているだろうことは、被災地の外にいても推察された。それでも被災地内部からの寄稿は必要だと思った。安医師に原稿を頼む際、うしろめたい思いがした記憶がある。だがこのあたりの前後関係は私もあやふやで、確かなことはもうわからない。安医師も私も大規模災害後の混乱のさなかにあった。

私の記憶では、最初の電話で安医師は原稿を書くことをためらった。断ったかもしれない。私は「検討してみてほしい」と電話を切った。安医師の心中は「あとがき」に書かれている通りだったと思う。

《〝被災地のことを文章にする〟ということがひどく不謹慎に思われたのである。私は災害の中で全力で〝医者として〟働くべきだと思った。この非常時に〝書く〟という行為に時間を割くことは、現場を放棄することのようにも感じられた。文章なんか書いている場合ではないと思ったのだ》

日を改めて電話した。「やりますわ!」という高揚した口調の言葉が耳に残る。私が聞いたなかでは安医師のいちばん強い口ぶりである。怒っているというのではない。挑むような口ぶりだった。私に対して挑むというのではない。大震災という悲劇に、全力で立ち向かおうとしている人の言葉だった。医師として全力で働くとともに、書くことも安医師は引き受けてくれたのだった。

「被災地のカルテ」は大震災から十三日後、一月三十日付の産経新聞夕刊から始まっている。原稿が私のもとに入ってきたのはもっと早かった。しかも第Ⅱ部でも触れているように、最初は二週間にわたって、平日の月曜日から木曜日まで緊急連載の形で計八回、掲載された。安医師と神戸で会い、電話やメールで打ち合わせをしたはずだが、細かいことは覚えていない。原稿はメールでもらったうえファクスもしてもらった。紙面として残ってはいるが、メールでのやりとりはもう残っていない。緊急掲載後、連載は週一回のペースになり、休みを入れて隔週にし……という形で、「被災地のカルテ」は断続的に一年続いた。

神戸の街を二人で歩きながら、泣いてばかりいたわけではない。安医師との会話は楽しかった。安医師は恐るべき読書家だったが、それをひけらかしたり上面だけの議論に走ったりすることは一度もなかった。控えめで、いつもどこかはにかんだようなやさしいほほえみを浮かべていた。ジャズピアノもうまかった。いつごろのことだったか記憶は定かではないが、酒を飲んだある夜の確か二軒目、グランドピアノのあるラウンジのようなところに入った。安医師はしばらく酒を楽しんだあとピアノの前に座り、スティービー・ワンダーの「アイ・ジャスト・コールド・トゥ・セイ・アイ・ラヴ・ユー」をもとに即興の演奏を始めた。いまも「アイ・ラヴ・ユー」という歌詞が、いろんな旋律になって頭のなかで鳴る気がする。

＊

阪神大震災が少しずつ落ち着いてきてからも、私たちは会って食事をした。平成八（一九九六）年の安医師からの年賀状にはこうある。「昨年はお世話になりました。年末のお酒も楽しくいただきました。連載中うまく書けなかったことを本で書けるでしょうか。私流のいきあたりばっかりでやるしかありませんね」。このころすでに単行本化に取り組んでいたようである。

平成十一（一九九九）年六月十二日の日付の書状は、阪神大震災で中学生の娘を喪ったご遺族へのロングインタビューをもとにまとめた私の著書を送ったことへの礼状である。無地の便箋一枚に、細かい字でていねいに綴られている。

「拝啓　ご著書を送ってくださってありがとうございます。表紙を見て涙が出そうになりましたが、やっぱり読みながら泣いてしまいました」

そう書き出して本の評価を的確に述べてくれたあと、手紙はこう結ばれている。

「読後の、今の感じをうまく河村さんに伝えることができませんが、この本を世に出して下さってありがとうございます。私がしたくてもできなかったことを、私が考えている以上に実現しておられると思いました。まとまらない文章でごめんなさい。とりいそぎお礼申し上げます。　敬具

99年6月12日　安克昌」

自慢したいのではない。安医師はこれほどまでに繊細な感受性を持った人だったのである。たぶん安医師に接しただれもがそんな記憶を持っているだろう。大災害に遭遇して、そのやさしさは傷ついた人に向かって限りなく開かれていった。みずからの病を知ると、あらん限りのやさしさで家族のもとにたたずもうとした。なんとすさまじい生き方かと思う。

安医師の没後、私はわずかに残っていた彼とのメールのやりとりを保存した。ほんの十数通しかない。それを見ると、私たちは安医師が亡くなった平成十二（二〇〇〇）年の初めにも会っている。前の年の暮れからメールを交わして日程を調整している。

安「ご無沙汰しています。今は、年末進行というのでしょうか、きっと超過密スケジュールではないかと想像します。今年はいいご本を2つも出版されて、その出版記念のお祝いもしていないし、ぜひ、お会いして、今度はごちそうさせてください。今年一年のご活躍ぶりについても、ぜひお話を聞かせてください。ついでに私のほうの近況なども聞いていただきたいなあと思います」

河村「なんだかとても、なつかしいです。バタバタし通しで、ご無沙汰ばかりで本当に申し訳ありません。ぜひ、一杯おつきあいください。こちらこそ、安さんの近況をうかがいたいです。それとお気持ちはとてもうれしいのですけれど、例によって割り勘ということにしませんか？」

そんなやりとりをして、私たちは神戸と大阪の中間にある兵庫県西宮市で会って食事している。最後のはがきは、安医師が神戸市立西市民病院に赴任したときの挨拶状である。印刷された転勤の挨拶文とともに、手書きで「時間って作れないものですね。でも近々ぜひお会いしましょう」と書かれている。日付は平成十二（二〇〇〇）年四月。この翌月、安医師の体に末期の癌が見つかったことになる。安医師は私に、みずからの病を告げることはなかった。

本書で引用した論文「臨床の語り」が収録された『越境する知2　語り：つむぎだす』は安医師から寄贈してもらった。奥付の日付は平成十二年八月八日になっている。安医師が熱心に代替療法を続けながらも、体調が悪化へと向かっていったころである。安医師の闘病を知らなかった私は、「将来また一緒に仕事をしたいですね」といった内容の無神経な礼状を出してしまった。悔やまれる。

＊

平成二十九年の東北に戻る。

福島県のNPO法人のスタッフに『増補改訂版 心の傷を癒すということ』を渡して取材を進めた。スタッフの要求もあって、被災者が行う軽い球技や料理といったプログラムに私も加えてもらった。人々の交流のなかで被災者の精神的な負担を少しでも減らそうとする試みだろう。

若いスタッフはその本のことは知らなかった。球技をしていたとき、見知らぬ男性が私のところにやってきた。県外から来ている精神科医だとスタッフに紹介された。

「あんなすばらしい仕事を安先生となさった方に、ぜひお会いしたかった」

精神科医はそういった。阪神大震災の被災地、兵庫県西宮市から定期的に東北に来ているとのことだった。安医師と直接の面識はなかったが、その仕事は知っていたという。

一瞬、安医師が東北に現れた気がした。また涙が出そうになった。「私たちはあの仕事をただ一生懸命にやったんです」。そうとだけしかいえず、窓の外に目線をそらした。私にすればあの仕事が招いた結末にやはり咎めの意識がある。けれども精神科医が「すばらしい仕事」といってくれたことが、率直にうれしかった。窓の外に見上げた東北の空には冬の雲がかかっていたけれども、雲間の青空が少し見えた。

東北から戻って必要な記事を仕上げたあと、「神戸から東北へ　ある本の旅」と題して安医師の仕事の意味とその生き方について原稿にした（平成二十九＝二〇一七＝年三月十二日産経新聞朝刊）。安医師について書くのはほんとうに久しぶりのことだった。こう結んでいる。

「その本（『心の傷を癒すということ』）は災害精神医学の可能性と、到達点すら示している。単に制度や技術について述べているのではない。手探りしながら安さんは、心に傷を負うとはどういうことか、その傷を癒やすとはどういうことか、人間の問題として書いている。私たち一人一人に何ができるのか、問うている。被災地にはなお膨大な心の傷つきがあり、葛藤がある。私たちは何をなすべきだろうか。筆者のことをいえば、必要なら何度でも、安さんの仕事について語ろうと思った」

その後も災害は、日本列島を襲いつづけた。活動期にある地震に気象災害も加わった。平成二十九年、九州北部豪雨。平成三十年、西日本豪雨。関西国際空港が浸水した台風二十一号。夏の災害級の酷暑。北海道地震。それぞれの災害の場で安医師や、彼とともに活動した神戸の精神科医たちの知見が生かされているであろうことを、私はもはや疑わなかった。

西日本豪雨の際、再び安医師について新聞で書いた（「阪神大震災下の連載から」、平成三十＝二〇一八＝年七月二十二日産経新聞朝刊）。現場には行かなかったがうしろめたさはなかった。発生から二週間がたったころだった。阪神大震災が起こってしばらくは躁的な状態が見られ、それが疲れへと変わっているという「被災地のカルテ」の指摘を引いた。そしてこう書いた。

「西日本豪雨の被災地は、発生から2週間が過ぎた。安さんの考察に学ぶならば、非常事態を乗り切るための高揚した時期から、疲れが出始める時期へと移っていくのかもしれない。時間の経過とともに、必要な支援は物的にも精神的にもさまざまに異なってくるだろう」

「確かなのは、安さんが書いたように、被災者の精神的な支援は専門家だけにまかせてすむものではないということである。たとえば共感しつつ静かに話を聞くことは、機会があるならだれにでもできる。被災者の痛みを共に感じようとする姿勢を、私たちは忘れてはなるまい。廃虚となった街から若い精神科医が発信し続けてくれたのは、そのことではなかったかと思っている」

令和元年、京都アニメーションで放火殺人事件が起こった。事件のむごさに息をのむとともに、助かった人やご遺族を長期的に見守り支えていくことが欠かせないと感じた。発生二日後のコラムで書いた。

「助かった人やご遺族の心中もいかばかりかと想像する。「〈心のケア〉の問題は、たんに精神医療や精神保健の専門機関にのみ任された役割ではない」（安克昌『心の傷を癒すということ』）。阪神大震災下、心のケアの先駆者として活躍した医師はそう記した。京アニの作品がファンを支えてくれたように、私たちが京アニを支えよう」（令和元年七月二十日産経新聞大阪本社版夕刊）。

この事件では京都府警などがすぐさま手厚いケア体制を取った。それにとどまらず、事件をともに悲しみ京アニを支えようとする声、現場で手を合わせ花を供える人の姿が、国内外から絶えなかった。京アニの作品が世界中にファンを持っているからだろう。同時に私には、制度や専門家、専門機関だけが人の心を癒すのではないという安医師の訴えが、阪神大震災から四半世紀近い時、安医師の死から二十年近い時を経て、世界に広がっていっているように感じられた。大きないたわりが、世界中から事件現場に寄せられているような気がした。社会がさらに成熟してきたということなのかもしれない。

ご家族や安医師と親しかった方々のお悲しみとは比ぶべくもあるまいが、阪神大震災から安医師の死にいたるころのことを思い返すと、やはりいまも悲しい。また私が安医師について何度も書くのは、日本で大きな災害や事件が相次いで起こるようになってしまったからでもある。その点でも悲しい。しかし安医師の仕事について、またその生き方について書くことは、私の責務でもあったのだろう。再び書くまでに、私のなかでも時間が必要だったのかもしれない。プロローグ、第I部・第II部の原稿を読み返して以降、安医師の生き方、考え方、感じ方を一人でも多くの人に知ってほしいという思いは日ごとに強くなっていった。

*

一度書き上げた文章とはいえ、十七年の年月はそれを強引に公開することを許さなくしていた。公開を前提に取材をさせていただいたものではある。第I部までは新聞で公表もした。しかし長い歳月がたっている。これらの原稿は、強引さをなにより嫌っていると思った。私はかつて取材した方々に再び公開の許可をいただくことから始めた。

連絡先がわからなくなっている方も多かった。ところが、なにものかが後押ししてくれるように、結果的には短期間でほぼすべての方に連絡が取れた。行き当たったこの方からあの方に連絡がつく、ということもあった。事情によりご本人が無理な場合もご家族が公開に同意してくださった。

連絡がつかなかった方もいる。安医師の在日の先輩、姜邦雄さんである。本書の公開に際し仮名にさせていただくことも考えたが、すぐにそれは失礼だと思い直した。姜さんは通名でなく本名で私の取材に答えてくださった。そしてなにより年少の友人として安医師を愛しておられた。それを私の一存で仮名にすることはとても失礼なことに思われた。

取材相手に公開の許可を求めると同時に、原稿と元資料の照合を進めた。当時の取材ノートや安医師の論文、取材した音声データを文字に起こした文書など、大半を私は保存していた。けれども一部、散逸している関連資料もあった。それを探し求めていく作業も簡単にはいかなかった。ところがまた、なにものかが後押ししてくれるような形で、ほとんどの資料に行き当たることができた。

安医師の兄、安俊弘さんについて記させていただく。俊弘さんは二〇一六年、お亡くなりになった。五七歳、安医師とおなじ肝細胞癌だった。恥ずべきことに原稿の確認を進めるなかで、ようやくにして私は知った。

原子力工学を研究し、カリフォルニア大学バークレー校教授になっていた俊弘さんは、東日本大震災が発生し東京電力福島第一原発の事故が起こると、しょっちゅう日本に帰ってきた。福島第一原発の、さらに人類と原子力の行く末について、わがこととして考え抜こうとしたのだろう。論文を書き、対談やシンポジウムをこなし、提言を行った。弟の安成洋さんによると、大阪の母の家に帰ってきてもパソコンに向かっていることが多かった。とにかく忙しそうで、専門家として決意と覚悟を持っていろんな問題と格闘していたようだったと成洋さんはいう。阪神大震災の被災地で被災者の心の傷つきの問題と格闘した安医師の姿が、重なって映る。癌は進行した状態で見つかり、神戸大学医学部付属病院で手術を受け闘病した。

安医師が生前に残した「頼む」という言葉を、私は安医師の通夜の席で、俊弘さんのあいさつによって知った。第Ⅰ部で書いた通り、俊弘さんは「なにを頼まれたのか、わたしもずっと考えていきたい」と少し声を震わせて語った。俊弘さんは、それを考えつづけたのだろう。

亡くなる直前、俊弘さんは「ちょっとは克昌に近づけたかな」と成洋さんに語ったという。

阪神大震災、東日本大震災。格闘した兄弟に、改めて瞑目させていただきたい。

＊

令和元年八月下旬、日曜日。神戸はよく晴れている。まだ暑いのだけれど、身を焼くような炎暑ではない。少し空気が動いていて、日陰に入るとわずかに心地よさを感じる。

私はその人たちと会っていた。

末美さん、恭子さん、そして、秋実さん。

残念ながら遠方にいる晋一さんはこの夏、帰省しなかった。けれども元気でやっているらしい。長い年月、いろんなことがあった。だがそれはここで細かく書くことではあるまい。みんな元気だ。そしてそれぞれに夫を、父親を思っている。

末美さんは働きながら子供を育ててきた。いまもがんばっている。歳月は末美さんの身の上にも刻まれた。苦労は多かっただろう。でも、透けるような笑顔はむかしと少しも変わらない。ときどき、会話のなかで安医師のことを「パパ」と呼ぶ。

二人の娘は、すてきな女性になった。

白いサマーセーターにまっすぐな黒髪をそよがせ、思慮深く、また表情豊かに話をしてくれるのが恭子さん。もうすっかり大人の女性だ。いま、都会の店舗で化粧品の販売を担当している。お客さんにメークも施す。人と話をするのが好きで、向き合って会話ができるからとその仕事を選んだ。

そして秋実さん。十八歳になった。ポニーテールにくくった髪が愛らしい。派手なところのない青いチェックのワンピースが落ち着きを感じさせる。少女の面影を残しながら大人になりかけていく、そんな年頃になった。

秋実さんは自分の名前がとても好きだという。「父からもらったプレゼントですから。大事にしたい」。恭子さんも、自分の名前の「恭」という漢字が好きだという。姉妹はとても仲がいい。二人でカラオケに行くという。映画や買い物にも。二人が笑う。笑顔がとても安医師と似ている。

会話は進んだ。でもそれは、第Ⅱ部で書いたように、悲しみが癒えたなどということではあるまい。

恭子さんが父親のことで強く覚えているのは、病を得てからの姿なのだという。悲しみや恐れとともにその記憶はあるのだろう。

会話の途中、私は俊弘さんのことを聞いてしまった。まだ三人にとって新しい記憶である。俊弘さんの日々を穏やかな口調で話してくれながら、末美さんの目にみるみる涙が浮かんだ。恭子さんの目にも。安医師の闘病を思い出させることになってしまったのだろう。兄弟は顔もよく似ていた。悲しみはいまもそこにある。私は自分の無神経さを悔いた。母と姉を見ていた秋実さんの目にも涙がにじんだ。

でもやがて再び笑顔が会話に戻ってきた。穏やかな笑みとともに、あれやこれやへと話は移った。どんな歳月を、この方たちは歩んできたことだろう。私は安医師が『心の傷を癒すということ』で書いていた文章を再び思った。

《外傷体験によって失ったものはあまりに大きく、それを取り戻すことはできない。だが、それを乗り越えてさらに多くのものを成長させてゆく姿に接した時、私は人間に対する感動と敬意の念を新たにする》

私の無神経さの言い訳にするつもりなど、さらさらない。ただ改めて感謝と敬意を申し述べさせていただきたい。

末美さん。恭子さん。秋実さん。そして晋一さん。安俊弘さん。安成洋さん。

本書にご登場いただだいたすべての方、お名前を出させていただいていなくても本書の成立にご協力いただいたすべての方に、感謝申し上げたい。みなさんの安医師への愛情、敬意、理解があればこそ、本書は成立し得た。原稿の公開をお願いする過程で、ある方は私との接点がわずかしかないにもかかわらず、連絡先がわからなくなっている別の関係者に話をつなぐ労を取ってくださった。本書の成立を祈っています、といってくださった方もあった。私の力ではない。安医師の力、安医師を思う方々の力によって本書は成立した。

作品社との内田眞人さんとは、『心の傷を癒すということ』が世に出たとき以来のご縁となった。内田さんにとっても安医師の逝去はつらいできごとだったことだろう。内田さんとの共同作業により本書を形あるものにさせていただいたことに、感謝したい。

安さん。むかしのように、そう呼ばせていただきたい。

なお報告したいことがある。一つ。宇宙工学の道に進み、ロケットの打ち上げにかかわっている晋一さんは、来年、結婚する。いろんなことがあったようだ。でも、とにかく、末美さんは結婚を心から喜んでいる。恭子さんと秋実さんもだ。

二つ。秋実さんはこの夏から、あなたをモデルにしたＮＨＫのドラマのスタッフとして働いている。いまはまだ事務作業の段階だ。映像関係の仕事に関心があったという。父親の面影をどこかに探しているのかなと感じたのは、私の勝手な思い込みかもしれない。でも秋実さんは仕事を機に、あなたの著書『心の傷を癒すということ』を読み終えたという。仕事を通じて父親のいろんな像にも触れた。まじめでやさしい人だと思ったという。安さん。あなたが名付けた小さい子はいま大きくなり、あなたの思いを感じようとしている。

そしてこれは報告ではなく、第三者にすぎない私がそう感じたというにすぎないのだけれど、申し添えさせていただきたい。末美さんはいまもあなたのことをとても愛しておられる。

安さん。やがてまたどこかで、お会いしましょう。

令和元年夏

河村直哉

［付記］

安医師の生涯はＮＨＫによって、「心の傷を癒すということ」というタイトルのフィクションとしてドラマ化された。阪神大震災から二十五年となる令和二（二〇二〇）年一月十八日から四回、土曜ドラマとして放映。

［付録］

安克昌さんとの日々——神戸の若き精神科医を悼む

河村直哉

（平成十二年十二月七日、産経新聞大阪本社版夕刊掲載）

震災で崩れた神戸を、彼とともに幾度となく歩いた。黙々と二人で歩き、なにかを感じることがつとめだと思っていた。

二人とも涙もろくなっていた。亡くなった人の話をしていてふっと目がかすんでしまう。隣を見ると彼もやはり涙をためている。

こんなに涙もろくなっていいんでしょうか、と問うた。彼は答えた。

「いいんです。亡くなった人にぼくたちができることは、泣くことくらいですから」

安克昌（あん・かつまさ）さんという。当時、神戸大学医学部精神神経科の助手。震災のすぐあとから、安さんは本紙文化面に「被災地のカルテ」という連載を始めてくれた。ぼくはその編集をしていた。

混乱のさなかで、しかも被災地の医師として激務をこなしながらの執筆だった。物理的・時間的な困難ばかりではない。安さんは「書くことがうしろめたい」といつもいっていた。被災地の中心部で偶然、助かったことへの罪責感に安さんもまた苦しんでいた。けれども書き続けてくれた。悲劇の地の内側から外へと言葉を放つのが大切だということも、わかっていた。

原稿は神戸から、締切日にきっちり届いた。平穏な大阪にいてその原稿を読むぼくにとって、安さんの文章はいつしか心の窓になっていった。平穏な地にいる第三者と、「あの地」にいる当事者を結んでくれる窓。

専門家の視線と率直な文章と、そしてなにより、傷ついた人に優しい安さんのひとがらによって、被災地が負った心の傷つきが書きとめられていった。「わかりっこないけど、わかってほしい」という、ささやきのような叫び。「そっとしておいて。もうなにも話したくない」というつぶやき。安さんはそれをただ観察していたのではない。手探りでたどたどしく、しかし全力で傷ついた人と向き合った。自らを渦中に投じ、その体験から言葉をつかみとってこようとした。

「被災地のカルテ」は断続的に一年間続いた。遠い地で連載に共感してくれた作品社の内田眞人さんが、こんどは東京から神戸に通った。安さんはさらに文章をふくらませて『心の傷を癒すということ』という本にし、サントリー学芸賞を受賞した。

はにかんで、もうしわけなさそうに授賞式に出た安さんの顔を思い出す。控えめで、優しくて、でも、根っこに頑として太い気骨が横たわっていた人。

大阪生まれの在日韓国人だった。青年となって「安」を名乗った。

「被災地のカルテ」の連載が始まるとき、安さんはいった。「ぼくは連載の最後に、自分の在日の思いをぜんぶ書きたい。いいですか」。いい、といった。でも安さんは結局、それを前面に出すことはなかった。新聞連載の最後はこう結ばれている。

「……阪神大震災が起こり、人々は人間が傷つきやすく脆いものであることを思い知らされた。社会はこの人間の傷つきやすさをどう受け入れていくのか。……世界は心的外傷に満ちている。阪神大震災はさまざまな問いを今も私たちに投げかけているのである」

原稿を見て、在日の思いをもっと書かなくていいのかと問うた。

「いいんです、これで」

そう答えた目にうっすらと涙が浮かんでいた。自分が身につまされてきた悲しみは表に出さなかった。どこまでも、さらに傷ついた人の側に立とうとした。

訃音は突然、届いた。空は静かに青く澄んでいた。遅めの紅葉に山が燃えていた。がんだとわかったのは五月。進行は早かった。

安さんが行った仕事の意味はもっと理解され、重要性を増すと思う。悲劇の現場で彼は戦い、現場から理論を導こうとした。震災時、全国からボランティアで集まった精神科医をコーディネートし、仮設住宅を積極的に訪問した。また震災で子どもを亡くした人たちのつどいに参加してグリーフワーク（悲しむ作業）への共感を深めた。「心の傷」「心のケア」といった用語、心的外傷の概念は、安さんと、安さんのもとにつどった精神科医によって神戸から全国に浸透したものである。

ことし八月に発表した論文「臨床の語り」（『越境する知2　語り：つむぎだす』＝東京大学出版会＝所収）では、震災後の被災地の、一種の虚無感覚にまで筆を伸ばして論じた。ずっと震災と戦いつづけ、そして倒れた。

亡くなる二日前、三人目の子どもが生まれたと聞く。安さん。あなたはどんな思いで逝ったのか。混濁した意識のなかで最期に遺した言葉は、「頼む」、だったという。あえてお別れはいわない。ともに歩いていきたいと思う。ぼくたちはともに被災地を歩いてきたのだ。

安克昌さんは二日、肝細胞がんのため死去。神戸市立西市民病院精神神経科医長。三十九歳だった。

主要引用・参考文献

［安克昌氏関係］

安克昌『心の傷を癒すということ』作品社、一九九六年。

安克昌『心の傷を癒すということ』角川書店（角川ソフィア文庫）、二〇〇一年。

安克昌『増補改訂版 心の傷を癒すということ』作品社、二〇一一年。

中井久夫編『1995年1月・神戸』みすず書房、一九九五年（「被災地のカルテ」一～八回を収録）。

フランク・W・パトナム（安克昌・中井久夫訳）『多重人格性障害』岩崎学術出版社、二〇〇〇年。

バリー・M・コーエンほか編著（訳者代表・安克昌）『多重人格者の心の内側の世界』作品社、二〇〇三年。

栗原彬ほか編『越境する知2　語り：つむぎだす』東京大学出版会、二〇〇〇年（「臨床の語り」を収録）。

［震災関係］
デビッド・ロモ『災害と心のケア』アスク・ヒューマン・ケア、一九九五年。
厚生労働省 精神・神経疾患研究委託費外傷ストレス関連障害の病態と治療ガイドラインに関する研

究班　主任研究者 金吉晴『心的トラウマの理解とケア』じほう、二〇〇一年。

兵庫・生と死を考える会（編集・発行）『生きる』一九九六年（「死別体験の分かち合いの集い『さゆり会』から教わったこと」を収録）。

高木慶子『喪失体験と悲嘆』医学書院、二〇〇七年。

神戸大学〈震災研究会〉編『大震災を語り継ぐ』神戸新聞総合出版センター、二〇〇二年。

[著者紹介]

河村直哉

（かわむら・なおや）

産経新聞編集委員 兼 論説委員。

1961年生まれ。広島大学卒業。著書に、『地中の廃墟から――「大阪砲兵工廠」に見る日本人の20世紀』（作品社、1999年）、『百合――亡き人の居場所、希望のありか』（共著、国際通信社、1999年）。

[本書の出典一覧]

- 少し長いまえがき：書き下ろし。
- プロローグ／第Ⅰ部：産経新聞大阪本社版夕刊に連載された「傷ついた人へ」（平成13〔2001〕年5月28日～6月28日）をもとに改稿。
- 第Ⅱ部：書き下ろし。
- 少し長いあとがき：書き下ろし。
- 付録：「安克昌さんとの日々――神戸の若き精神科医を悼む」、産経新聞大阪本社版夕刊（平成12〔2000年〕12月7日）に掲載。

精神科医・
安克昌さんが遺したもの
——大震災、心の傷、家族との最後の日々

2020年 1 月 5 日 第 1 刷印刷
2020年 2 月21日 第 3 刷発行

著者———河村直哉

発行者———和田 肇
発行所———株式会社作品社
102-0072 東京都千代田区飯田橋 2-7-4
Tel 03-3262-9753 Fax 03-3262-9757
振替口座 00160-3-27183
http://www.sakuhinsha.com

編集担当——内田眞人
装丁————伊勢功治
本文組版——ことふね企画
印刷・製本—中央精版印刷(株)

JASRAC(出) 1912898-901

ISBN978-4-86182-786-0 C0011